中山直子詩集

Nakayama Naoko

新・日本現代詩文庫

133

土曜美術社出版販売

新・日本現代詩文庫　133　中山直子詩集

父　大村晴雄に捧ぐ

目次

詩篇

詩集『春風と蝶』(一九七〇年) 抄

序文

中山直子さんは私の哲学の学生である。存在の、本質の、主観の、客観のと、いつも議論しているこの相手にこの詩集がある。私は驚き、喜んでいる。

直子さんは学部哲学科を了え結婚され御子さんもできた数年後、突然なんの予告もなく哲学修士課程の大学院にはいってこられ、前と少しも変らぬ朗らかで愛くるしい姿をみせられるようになった。哲学者で基督者である父上の資質をうけ、同様に学者、教育者である夫君の励ましのもとに、ふたたび学問研究を続けるのは、あまり例がないことながら、大変結構なことだ。そこへ今度の詩集である。

直子さんはどこまで驚かせるつもりであろう。私は恐る恐る原稿を拝見し、本当に驚き、且つ喜んだ。哲学討論の作法にしたがって一問一答する、大学院での直子さんの姿は、そして直子さんの学問は、実はこのようなものの結晶した一断面に過ぎなかったのか。この詩集のなかには直子さんの全人格が息づいており、その暖い心情が深い宗教的なものと綾なして精一杯うたいあげられているといってよいであろう。

哲学の抽象的な冷い論理も、具象的心情的な主体の一断面と結晶しえてこそ、真に客体的な論理であることを保証される。哲学者がそういうものでありうることの一つの証左として、中山直子さんの詩集は私を驚かし、且つ喜ばせたのである。

一九七〇年　十月二十一日

松本正夫

美しい日のうた

枯れ草の上を
はだしの子供が歩いてくる
白い林に
金の陽がのぼる

灰いろの小鳥は
くすんだやぶかげに目覚め
子供のふみあとに
すみれ咲くのをみつける

りす
洋子に

「その子はりすが欲しかったんだって
どうしてもつがいで欲しかったんだって」
真夏の白い公園で
とぼしい木かげをわけながら
いつになっても
あどけない目の友人は言う
（彼女は今　少年院の先生になろうとしている）
「一匹買うお金なら持っていたの
でも一匹ではとてもかわいそうだから
どうしても二匹でなきゃ！　と思ったんだって
それで夢中になって
よそのおばさんのお財布とってしまったんだって
だから連れて来られたの

でも　私　なんだかうれしくなった
あまり嫌なことがありすぎるもの………」
ああ　いじらしい愛への欲求！
けれど「悪くない」人々は
「盗んだ」ということしか考えない
「私らの方が　よほどたくさん
盗みかえしているのかもしれないのに………」
と彼女は空に目を投げる　　遠く
そのあたり
まっ白と思った雲に
この時の深いかげりを私は見る
そして　はげしい日の中に
私らの高さに
ゆらめいて
きょうちくとうは咲いている

夏のおわりのうた

誰もいない真昼の公園で
妹はブランコをこいでいた
はぐれた蝶のように　ひとり
ひらりひらりと　こいでいた

アスファルトの道の上を
くっきりと　一匹の蟻は
仲間の死骸をひきひき
はてしもなくたどっていった

それから
地をはうように風が来た
そしてその時

夏は終わった

突然にブランコをはなれて
妹は走り去った
人を見つけたように
それから　また
風が来た

残されて　いつまでも
ブランコはゆれた
ぎくしゃくと　かたゆれた

灰いろの窓から

この窓は私には重すぎて上げられない
またその必要もない（今は五月ではなく）
外は一面に都会のうそ寒い霧であるから

まだ昼すぎなのに　水銀灯がともりはじめ
枝に残った銀杏を　つついては落とし
つついては落とししていた二羽のコガラも
もうずっと遠くの木にわたっていってしまった

そしてむこうの工事場の高い鉄骨からは
時折蒼白の火花がすべり落ち………
ああ　また空がせまくなる

　あなたよ　早く来て
　窓を上げてください

その時五月はあらわになって
小さい鳥をよびもどし
無限に空を奪い返すであろう

死者を送るうた　クララに

Ⅰ

なんという静かなお顔でしょう
すでにあなたを見た人よ
ここにはいない人よ
おもてはつめたい雨であるのに
この家の窓には
不思議な明るさがやどっています
足のあたりにうずくまって
じっと動こうとしない猫に
かなしみを知った少女が
別れの意味をささやきかけます
その約束の日に　新しく

美しく　いのちは燃えます
まことに　かなしみは
生きる者すべての力――
そして　ひそかにきざすよろこびのうちに
人を送った家の静かな午後が
いたわりながら　くれていきます

Ⅱ

最後の曲がしだいに高まるとき
誰ひとり心をうたれぬ者はなく
あまりに己れを忘れたその音いろに
全自然の静かなおののきが
波のようにひろがっていき
それから
ふいに雪がふる　清く

はなやかに　祝うように
そして　生ある者に告げる
美しく死ね
美しく生きよ
死者たちのためにうたうな
生まれない未来の子らにうたえ

Ⅲ

あるたけの花を投げ入れて
ひつぎは丘をくだっていきました
ふりしきる雪の中を
けれど　見送る人々は　すでに
行く手の遠い雲の切れ目に
すきとおる光の
美しい空を見たのです

柳の芽吹く朝のうた

あたたかく　はげしく　春の雨は過ぎ
土のにおいのひろがる朝
ほうやりと　息するように
私たちの柳はみどりになる

なだらかな丘の上では
死者たちがなつかしいまどいをし
すきとおる陽の光と
うつくしい雲がある

そして　まだ陽の来ない柳の下に
ひそかな生きものは
かしこく　きき耳をたて

生まれていないものたちの青いかげが
やさしい枝にすがって
哀願するように身をふるわせている

春風と蝶

春風が花びらを車にしたてて
にぎやかに
青い坂道をのぼっていく
うまれたばかりの白い蝶が
いっしんに
そのあとについていく
そして　いつのまにか
高く　高く
空の上までのぼっていって
光の記憶に
まぎれてしまう

夏の午後

夏の午後
まるい小石の上に
おはぐろとんぼが息を吐く
みどりの中で
はたんきょうの実が
ほのかに赤らみ
子供らは
井戸にもたれて
水の言葉をきく
そして　心に
知りそめる　（すでに）

夏の終わりを
日ざしの中に
思いがけない
風のおののきを

森のうた

秋　森の上にまるい月がのぼり
私らは眠った子をつれて
小道を帰っていく　（森の奥深く）
くされゆく木の葉の
甘いかおりをくぐり
つめたい下草をふみしだき
ときわ木の心地よい樹液に酔いつつ
私らは帰っていく
時折　子供の額に落ちる

月の光を恐れながら
魂の風吹く　ひそかな境へと
おお　私らの故郷よ
人とけものとが
言葉少なに語り合うところ
木々のもの言う場しょよ
そこで　人々は
白い子供の伝説を夢み
ふしくれた手で　美しい労働を生みつつ
あなたの足音に耳かたむけるのだ
おお　谷にくだれ
暗いちからが私らをおびやかさないうちに
ぬれた小石をわたり
丈高い葦のはざまを
せせらぎの音についていこう
あおげば　あいいろの空から
気高い悩みは

金いろの小菊となって散りしきり………
行く手　私らの故郷の森には
青く静かに
月がかかっている

冬

私らの心に
冬をむかえいれよ
鋭く　冷たい
もろ刃の冬をむかえいれよ
冬枯れの空地を過ぎて
誰も通らない小道の上の
銀いろの霜は
くつをぬいでわたれ
葉の落ちた木々は
手を空にささげて立ち
よどんだ流れは
うす氷をのせて静まる――
そのところで
愛の所在をたずねてはならない
ただ　かたい針葉樹の幹の中の
すこやかな樹液に耳をすませ
そして　夕べ
しんしんと　冴えわたる天から
きらめく星のしずくをくめ
そうして　私らの心をひらいて
私らは冬をはぐくまねばならぬ

ロシアに関する詩とエッセイ

『ほほえみはひとつ』(共著　一九八一年) 抄

まえがき

私達は一九七七年六月から七八年三月までモスクワ市グプキナ通りに住んでいました。モスクワで暮して一番感じたのはソ連は無神論の国だというのは誤解だということです。実際、人間が生きて愛しあっている限り、神を識らずに終始できるはずはありません。

アフガン出兵以来、町では調子のどぎつい反ソ的な書物を多く見かけるようになりました。けれど私達は、ソ連の中にも、赤軍の進駐を心から悲しむ、多くの心清き人々がいる事を思わずにはいられません。

Ⅰは詩、Ⅱはエッセイ、Ⅲは教会訪問記で、Ⅳには子供の作文を配しました。Ⅰ及びⅡの一部は詩誌『河』に、Ⅲは『福音と世界』に載せていただいたもの、Ⅳのうち「幼稚園日記」は毎日帰宅してからの話を家族が書きとめてやったものです。

一九八〇年八月

中山弘正
中山直子

詩篇・ロシアの夢

山鳩

いつまでも　いつまでも暮れない　北国の六月
森のくぼ地で　落ちた山鳩を　私は見た
やわらかな青紫の胸毛を　空に向け
のどのあたりを　夕焼けいろに染めて

少し夕風が立ち
トーポリの木が　ぱらぱらとうたった
その時　くぼ地から　静かに
夕方の色が　空にのぼりはじめた

六月の夜は　山鳩の翼の色より濃くならず
夕焼けの終りは　朝焼けのはじまりに続いて
その境界を　私らは見わけられない

ただ　その間に　金星だけが　しばらく
ゆめのように　ゆらめいて　消えていく
それはエウリュディケーの瞳のように

修道院の秋

光輝く秋の日の中に
くっきりと　丈高い白樺は
房なす黄金の葉をきらきらとゆすっている
（昔　心やさしくきよらかな少女の上に
この葉は金貨となってふりそそいだという
その伝説（レゲンダ）を真実だ　と私は思った）
修道院の厚いれんがのへいの中に
数百年の時がたたずみ
ここではあらゆる言語は平凡で
沈黙だけがふさわしい
樫（ドゥップ）の木の重々しい黄金いろ
西洋かえで（クリヨン）の軽やかな黄金いろ
ふいに小道を走って来る冷やかな風

まばらになった木立ちのそこここに
あらわれた墓石の下には
どんな人々が眠っているのか
木の葉の地に落ちる音がしきりにきこえる
ああ　ここに住んだ人たち
火のような信仰と
誇り高い黄金の心を持ち
恐らくはキリストの名をきざんだ戦斧（セキーラ）をたずさえ
タタールを迎えうった人々
複雑な窓かざりのある高い塔は
彼方の丘に　幾度となく
彼らの馬かげを見ただろう
そして白壁の礼拝堂の
おだやかな屋根の曲線と精緻な十字架
いかめしい大扉を二回開くと
ふいに甘くあたたかな香りが私を酔わせ
きらめくほの暗いろうそくの光が
会堂の壁面をうずめつくしている
おぼろなイコンをうつし出す
ヴェロニカのハンカチの中の
美しい面影のように

秋の貴婦人

急速に季節はおとろえる　モザイクのように
黄金の秋の冷たいきらめきが
水の中に　大気の中に
大かえでと　白樺の葉の中に　ちりばめられ
気まぐれな陽光が　それを照らすと
ふいに風が立ち　その一瞬
修道院に続く　長い美しい通りのはてを
小さい足の貴婦人がまがっていく
すると並木は　なおいっそう光り輝く

ツァーリの宮殿も　遠く及ばぬほどに
城砦の壁のくぼみにすわって
ひとりの道化が　貴婦人を想っている
赤と黒の服　鈴のついた帽子　隈どりした顔
（おお　もう　空が曇ってしまった
何という暗うつな色あいだろう　私の心のように）
それは自分の夢かと
半ば疑い　半ば信じ　いつも　ひとり
道化は　そこで　貴婦人を待った
そのきゃしゃな深靴さえ
ありありと　思いうかべることができた
（あの靴を　この手に受けて
涙をそそいでみたいもの）
けれど　貴婦人は　いつも　一足早く
秋は　刻一刻と輝きまさり
かなしみと美しさとに　道化は酔った

（道化の歌）
「悲しい時　人は　みな
涙を流すのかしら
それとも　涙ではちきれて
死ぬのを待つのかしら
つかの間の　笑いさざめく一時よ
私の苦しみを　誰も知らない
私の真実を　誰も知らない…………」

秋の最後の日に　歌の通りに道化は死んだ
突然　厳寒（マローズ）がやって来て
その日限り　街は灰色となった

冬の道

木立ちのむこうに

厳寒（マローズ）と雪姫（スニエグーロチカ）が立ちつくしている
通りを過ぎていくのは
時に生者であり　時に死者である
吐く息の濃さで　それがわかる
雪の美しさは非情であり
ほの暗いあかりにきらめく
氷と霜は枝々に青白く緻密である
小動物のしなやかな姿が視界をかすめ
それが影なのか実在なのか私らには判別できない
ここは暁と夕べの町
かさなりあった物語のように
おそい朝焼けは昼さがりの夕焼けにと続き
太陽は弱々しい黄いろの光を見せて
林の上にひととき低くうかぶ
そして　長い夜の中を　ささやくように
すべるように　人々は往き来し

零下十数度の澄んだ空の
異常に高いところに
北極星を私は見た
路面はかたく凍てつき
ロシアの大地は銀と藍とに光る
『夢は　真冬の追憶のうちに凍るであらう』*
ふと昔の詩人の一行をくちずさむと
うしろからついて来た少女が　思いがけなく
サ行の音を甘くひびかせて答えた
『そして　それはとをあけて　せきりょうのなか
に
ほしくずにてらされたみちをすぎさるであろう』*
少女の黒い髪が　毛皮帽子の外にこぼれ
彼女は　はえそろわぬ歯を見せて　あどけなく笑
った

*　立原道造「のちのおもひに」より。

エッセイ・ほほえみはひとつ

遠い窓の灯り

霧はどこから来るのでしょう。昨日も一昨日も霧でした。そして聖金曜日の朝、私達は外を見て息をのみました。木々は一面に純銀の花を咲かせたよう……。霧氷です。この前霧氷ができた時、たまにしかこうならない、と誰かに聞きました。今度のは以前のより美しいように思えました。あまりきれいなので通りに出、ノヴォジェーヴィッチまで行ってみました。行く道々の並木の木という木を一本ももれなく、自然は美しくよそおわせていました。数日後の帰国を前にして、私の胸にモスクワの自然の美しさが次々によみがえって来ました。夏の透明な日光、モスクワ河の澄んだ水のきらめき、トーポリの綿毛、青、白、黄、紫、ピンクと咲き乱れていた夏の野花たち、やわらかな森の草地、ロシアの森のすがすがしいヨールカのにおい、木かげにかくれている鹿の親子、つぶらな瞳で私達を見たリス、町中にあふれる木々、アカシヤの並木、カシタンの木、河岸の柳、やさしいクリョンの木、たくましいドゥップの巨木、何にも増して美しい秋の白樺の金色、りんごの木、にわとこの赤い実、鳩やからすや小鳥たち、赤や青の胸をした小鳥、冬の月、冬の星、凍った河、そして雪……。この自然の美しさに、もっとモスクワの人達が気がついてくれるといい、と私は思いました。そして人間が自然を犠牲にして幸福になるのではなく、人間も自然も共に幸福になれるような道を見つけてほしいと。

修道院の中は静かでした。次第に気温が上がったらしく、霧氷もだんだんに溶けていきます。そしてふめば足の下に沈むやわらかな雪の感触。もう春が来るのです。私が以前作家のツルゲーネフと間違えたお墓の近くを通って、開いている教会に行きました。二重の扉を押して中に入ると、たくさんのイコーナにキリストの死を悼むように太い黒いリボンがかけられています。後でロシア暦の聖金曜日は今年は一月ほど先の四月二十八日だと聞きましたから、待降節のように、四週間前から記念の日がはじまっていたものでしょうか。

ろうそくを買いました。お別れに教会への献金になると思い、大きなのを買いました。普通のろうそくの十本分位あるその丈の高いろうそくを、たくさんあるイコーナのどこにあげようかと私はちょっと迷いました。私としてはどこでもよかったのです。二、三人のお祈りに来た婦人達がこちらを見ていました。中の一人が、そろそろと私の方に来て「あなたはどんなイコーナにそれをあげたいと思っていらっしゃるのですか」と言う意味のことをひかえ目な口調で心配そうにたずねました。大きなろうそくを買った外国婦人が、大変な悩みをかかえて迷っていると思ったのでしょうか。その婦人は何とかいう聖人様はどういう願いをきいて下さいますとか、こういう病気の時は云々と、いろいろなイコーナの説明をはじめました。私は、知らない名前ばかりなので、こまったな、と思いました。そのうちセラフィムという名が出て来ました。イザヤ書に出て来る六つの翼の天使、私のいつも夢見ているその名前、そして私の尊敬する中世の哲学者はセラフィムの博士とよばれています。「ああ、わかりました。こちらですよ。」婦人は、私があてずっぽうに答えたのに、うなずきながら一枚のイコーナの前に私を連れて行ってくれました。でもそれは普通の男の人の肖像で、六枚翼の天使の像ではありませんでした。が、気をつけて見るとイコーナの下のよくわからない昔の字体のロシア文字の一部分に私はセラフィムという字を読みとることができました。きっとこの聖者の呼名なのでしょう。私はそこにろうそくを立てました。そして神の御前で顔と足をその翼でかくし、「聖なるかな」とうたいながら飛びかける、というセラフィムのことを考えました。それから日本に帰ったらまた日曜学校をしよう、と思いました。

夜おそくなってから、私は夫にイコーナの下にあった古いロシア文字の写しを、読んでちょうだい、とさし出しました。それは､「主よ､汝には裁きと恩寵とあり。願はくは我が罪によりて我を裁き給ふなかれ、汝の御憐れみによりて我を裁き給へかし。」というのでした。

霧が少し流れて行ったようです。遠くのドームの窓の灯りが、ひとつ、またひとつ、と消えていきます。私達もまもなく最後の灯りを消すでしょう。その時私達の消す窓の灯りを、向う側の誰かが見ていてくれるでしょうか。誰かわからないその人に、そしてモスクワの空の下に眠るすべての人に、平安あれ、シャローム、主はひとつ。

詩集『ヴェロニカのハンカチ』（一九九二年）抄

小鹿の夢

時折　山の畑にあらわれて
子供らがバンビと呼んでいた小鹿が
むこうの猟区に追われて
射殺されてから半年たった
（けれど　それはまるで風か木の葉の動きのようなやさしい存在だったので子供らは長いこと鹿がいなくなったのに気づかなかった）
あの美しい目をしたおく病なけものを
そのとき男どもは　どのようにして殺し
またその肉を食らったのか
汚れた手で清いパンを盗むように？

（そして一度盗まれた血は
　とりかえしがつかないものだ）
今　私らは　子のために
小鹿の肉の食物も
小鹿の皮の靴も必要としない
子供らは丈夫な洗いのきく靴をはき
この列島にはお米がありあまっている
それなのに　なぜか　平和は
私らの上におりてこない
今夜　春の嵐が　どっどっと雨戸を打ち
ふと目ざめた子は
母のひざに枕をよせてささやく
　小鹿の夢の中で
　星はいつも青かった

荒れ地の春

冷たい灰いろの雨と
暗うつな曇り空が長く続いたあと
荒れ地はふいに春になった
ひばりのうたが天にのぼっていく

山の荒々しい岩肌からは
銀のしずくがしたたり落ち
むきだしの木の根をつたわり
きらきらと　小川にそそいでいる

そこに　麦わらぼうしの少女が　小さい弟と
水の精の踊りにみとれたり
新しい葦の葉を小舟につくって

青い花をひとつのせて流したりしている
見上げれば　みねの巨木によじのぼり
やわらかな若葉をくちびるにあてて
吹きならす　少年の頭上で
今日の太陽は　みどりに燃えているようだ

雪より白く　アマンダに

たそがれには　足をとめよ
そんなに　いそがずに
まして　それが雪の日であるなら
時よ　すべて世のものよ
追い越して行け　私を
通り過ぎる風のように
ふりしきる雪にうつる
おぼろな影のように
私はひとり　（いつもひとり）
明るい青い空を夢み
ミニヨンの歌　白いレモンの花を夢み
美しい脚韻のひびきよ
――彼方へ　彼方へ
愛に関する私の倨傲
高貴な者への憧れは　それ故
多くの悩みを秘める
むなしい思いは　過ぎて行かせよ
たそがれには　足をとめよ
見よ　雪よりも白く
そこに　永遠がふりそそいで来る

ばらの咲く朝

六月の光よ　光よ
おまえに照らされると
蝶のように　背中が割れて
美しい私となって　飛んで行きそうだ
つややかな緑　金いろの風
あらゆるものが　憧れに満ちて
光にいざなわれ　私は幾日か
新しき東雲という名の
昔のばらの木の　花開くのを待った
それがいつまでも咲かないので
ある日　思いついて
　一番先に咲いた人に
　赤いリボンをあげます

と　言ってみた
すると　つぼみたちは　いっせいに
いろめきたって　早く咲こうとしたので
私は　あわてて　少女のところに行った
　たいへんよ　赤いリボンを持っていて
彼女は　おとなっぽい口調で
　そんな　持ってもいないものを
　約束したりするもんじゃあないわ
と　答えたが
幸いなことに　彼女のひきだしには
色さまざまなリボンが　きっちりとしまってあり
あくる朝　一番のばらは
首に　派手な赤いリボンを結んでもらって
大にこにこだった

ひまわり

いつのまにか
ひまわりは　そだった
ぐんぐん　ぐんぐんと
そだった
ゆたかを　ぬき
えつこを　ぬき
ちからを　ぬき
母よりも
父よりも　背が高くなった
すっくときわだった
固く太い幹のまわりに
みずみずしく大きな
まるみをおびた葉が
新しい夏の風にひるがえっている
そして　そのいただきに
天地の黎明の奇跡のように
ある朝開いた黄金の花
一点一画のくもりもなく
青い空に立ち続ける花の見事さ
強く　恐れげもなく
激しく　そして孤独に
高く灼熱する
夏の太陽だけを追って
りんりんと　勇気をたたえて
咲き続ける花の見事さ
ひまわりよ　ひまわり
誇り高く　ひたぶるに
のぞみの糸を天にむすんで
光り輝くこの魂の花よ

角度

当然のことながら
草は地に生えている
多くの場合　それは
踏まれて過ぎ去られる
あるいは　たかだか
上から見おろされるに過ぎない
ただ地に倒れたことのある者だけが
草のもっとも美しい角度
そこから見た
空の青さを知っている
なおじっと見つめれば
かすかな風にゆらぐ
その葉先の繊細な美しさを

太陽は天空にある
多くの場合　それは
影として認識される
あるいは　たかだか
夕日朝日として
安易な角度から
見られるに過ぎない
ただ光に撃たれた者だけが
白い炎のきらめきを知っている
自らの影の上に倒れた者は
かえってその心を
光の角度に向けて開く

生命について

たなごころに置いた卵の
よろこばしい重み
そよ風が微笑をさそうように
その曲線は　心地よく　なごやかだ
しかしまた　この美しい円弧が
寸断されなければ
鳥とは　なり得ないのは何故だろう
麦は　死ななければ麦とはならず
まゆは　食い破られてはじめて
自由の空へ　とびたつ
初夏の嵐で　巣から落ちた小鳥は
はすかいな飛び方で
ばらの木の根方に　たおれ伏したが

少女に拾われて　二三時間もしないうちに
突然身ぶるいし
ぐんと身体をのばして　急速に冷えていった
生きかえるかもしれないと
長いこと待っていた子供らは
やがて　数多の花びらと共に
小鳥をほうむったが
あたたかく　不安に脈うっていたものは
どこに行ったのだろうか
ああ　高い空を　風は　どこから来て
どこに吹いて行くのか
私らは知らない　自分自身すらも……
ただ　ひたすらに　なつかしく
いとしく　やさしく　したわしい何か
手の内に　あるようでいながら
幾億の神秘の層をへだて
ゆたかに　おだやかに　満ちていながら

激しい絶望と　破壊の嵐を　かいくぐるもの
はるかに　はるかに　翔ぶ雲よ
青い星よ　照る月よ
あるいは　それは　ことばに似ている
翼あることばに　そして　見よ
私は　今　それをはなつ　彼方へ！

春の祝祭

よろこび！　うるわしきかな　春の祝祭
暗い森にかこまれた私らの園生に
今年も光はもどって来た
花と若葉と甘い土のかおりを連れて

小道を行きつもどりつ
輝く風が楽しい労働をすれば

次々に　新しいほほえみが
陽光の中に生まれて来る

小鳥らよ　自由な天空の子らよ
うたえ　去年の時の枝の上に
イチイの木の聖なる悩み

その根によって深く　重力にとらえられつつ
なお　はじけ散る　みどりの火花
ああ　いっせいに　明るいろうそくのように

私の心はふるえる

私の心はふるえる
清らかな秋の陽の中で
あの高いところの　美しい雲から

ふって来るのは　光か音楽か

ミズヒキソウ　野菊
野菊　アザミ　ツリガネソウ
これらはいかなる口よりもれた詩（うた）であろう
事実　力ある言葉は　存在を呼びおこす

夢みよ　友よ　できる限り　遠く　高く
くっきりと――ああ　何という青い空だ
夢はひび割れた地球をつなぐ

静かに小道を登って行ってみよう
期待する者の前に夢は姿をあらわし
夢を描き得る者に言葉は贈られる

コンビナートの秋

韋駄天走りに
コンビナートの上を
鈍色のガスタンクと
段だら縞の高い煙突
思い思いの角度の
色とりどりのクレーン
からまりあったパイプに鉄柵
分留塔と無理強いされた植栽の上を
走りぬけて行くのは誰か

アメリカ・インディアンの
羽飾りのような
白い雲を頭に乗せて

おまえは大した健脚だ
秋風よ
ススキにノギクにオミナエシの上を
吹くものだけがそうとは言うまいが
昔なじみが海と空ばかりでは
なにかと勝手も違うだろうに
きらり　きらりと
何と見事に
おまえは秋を創造するのか

工場の斜めの屋根は光を受け
うらぶれた緑十字旗がひるがえり
さびた引込線の砂利の上を
こけつまろびつ　紋黄蝶が行く

はるか濃紺の海上には
外国航路の貨物船が投錨し
重なりあったタンカーのかげから
巨大な旅客機が
ほとんど反転しつつ
時空のねじれにそって
ぐいぐいと上昇していく

教室

その　廊下にも花を飾っておく学校は
丘の上にあって　教室からは海が見えた
少女達がみな美しい足をしているのも
急な坂道を登校して来るからかもしれない

リルケやシュトルムを読みながら
時々教壇を下りて　窓から外を見ると
港には　タンカーや貨物船が投錨し

山手の木々の間には　チャペルの塔や
洋館の屋根が点在していて
秋には　モクセイが咲いた

彼女達は　おとなしく
頭をかたむけて　例題を解き
「はい」と答えて読本を読み
暗誦をさせると
思い出そうとして　大きな目をしたり
変母音の発音がむつかしいと言っては
きれいな歯を見せて笑ったりした

ある時　ドイツの友人から贈られた童話を
読んでいると　お話を聞かせて　ユリの花を
咲かせようとする子供が出て来た
それで　ふと　こんな風なことを話した
　すぐれた童話や詩の中には
真理の力がかくれています
それは　恐らく　花も子供も
聞けば　育っていくほどのものです
皆さんも　お母さまになられたら　お子さんに
たくさんお話をしてあげて下さい

年が明けて　少女達は　色とりどりの
年賀状を送り届けて来たが　その中に一枚
　お母さんになったら　お話を聞かせて
　子供を育てたいと思います……
というのがあって　私をほほえませた

バス

その恐ろしい出来事は　はじめに
あわただしいバスの動きとして報道された

チェルノブイリ原子力発電所事故
初夏の頃多くのバスが行きかうとすれば
それは　子供らを
夏のキャンプ地に送るところだったものを
旗をたて　歌と笑いを乗せて……
だが今　死の灰の中を　バスの列は
どのような悲惨な運命を乗せて
走って行ったことであろう

かつて　子供らに
バイオリンを教えた女子学生は
大きな瞳に　音への憧れをたたえ
卒業してキエフ音楽院に務めた
そこで　学者志望の美しい青年と恋をし
翌年の六月に結婚して
翌々年には小さなぼうやが生まれた
だがその子供に　また

キエフのたくさんの子供たちに
私らは何をしてあげられると言うのだろう
かろうじて手紙を送り　そして待つ……
だがたとえ大量のバスを送り
あるいはジェット機をさし向けたにしても
彼らを地球の外へ逃れさせることはできない

キエフ市郊外チェルノブイリよ
二つの河の出会うところ　古くから栄えた町
その名はロシア語で　にがよもぎを意味し
聖書を閉じる黙示録の中にも見出される
「第三の御使ラッパを吹きしに、燈火のごとく燃
ゆる大なる星、天より隕ちきたり、川の三分の
一と水の源泉との上におちたり。この星の名は
苦艾といふ。水の三分の一は苦艾となり、水の
苦くなりしに因りて多くの人死にたり。」
（ヨハネ黙示録八章一〇、一一節）

これは預言の成就なのか　あるいは
ひとつの警告なのか　人は知る事はできない
私は西に向かって丘の上に立つ
梅雨晴れの青い空
いちめんのモモイロウマゴヤシ
たわむれるモンシロチョウや小鳥らの姿
それらは平和に見えるであろう
しかし　音なくしのびよる　絶望と空虚は
確実に　私らの　外をも内をも
腐食して来たに違いない
それをいやすものは　ここにはない
それはあらゆる世界を越えたところから
即ち私らの魂の内面から来るのだろう

（注）チェルノブイリがロシア語でにがよもぎを意味することは早くから学者達の間で話題になっていたようである。このことや町の歴史については江川卓「チェルノブイリ考」（「学鐙」八六年七月）などを参考にさせていただいた。

靴

学年末の試験もすんだ
ある晴れた早春の午後に
若い人たちが　次々に　小道をぬけて
楽しそうに小さな家に集まって来た
お茶を出してあげようと部屋をのぞいたが
何人いるのかわからないので
靴を数えに行ってみた
リボンの靴　バンドの靴　エナメルの靴
ハイヒールにスニーカー
赤　白　ピンク　黒　茶いろ
とりどりの少女の靴と
がっしりと大きな　底の厚い少年の靴が

あわせて二十六足ほど　きちんと並んでいた
昔　ゲールリッツの町に
神と親しかった靴つくりの親方がいたが
靴は靴であるだけで
いくぶんか　神秘の影がそうものだ
このところ　少年たちは兵隊にとられず
少女たちは勤労奉仕に行かずにすんでいるが
彼らはこの先　どのような靴をはいて
人生をわたっていくことか
みつかいよ　みつかいよ
あなたの翼を
あどけない　これらの靴の上にのべよ……

人間の本性の善悪が話題となり
熱い信仰の思いをうちあける者
またそれに懐疑を示す者もいて
ひどくまじめな話をしていると思えば
ギターをひいて歌ったり
まるでたあいのないゲームをして
夢中で遊んだり笑ったりしている
それから　ひとりひとり
それぞれの靴をはき
家の子らもいっしょに　犬まで連れて
みんなで　春の夜を
こぶしの咲く道を　帰っていった
そして　しばらくもどって来ないと思ったら
どうやら　徒歩の者も駅まで行って
またひとしきり　別れを惜しんでいたらしい

海

黒みをおびた夏の海の
水平線から風が来る

するどく　やさしく　繊細に
陶器つくりの手のように
私の顔をなでながら

あらゆる色に輝いて
沖に湧き立つ白い雲
に向かって今しも開かれた
泥でぬられた私の目
それにしても何という光る波だろう

私の弱い手の中に　高い空から
小さな明るい宝石が
小鳥のように落ちて来る
その時　海辺の家の軒下に　房になって
ノウゼンカズラのトキ色の花が笑う

朝

私は目覚める　朝のやさしい腕の中に
ああ　けさ空は　何と美しいのだろう
はればれと　うれしそうに
なわとびをして行く　子供の足音のように
白い雲がいくつか　森のむこうに消えていく

杉の木の上から　ヤマバトが呼び
木立をぬけて来る光のすじを
小鳥らの歌が縫いとっていく
そして　静かな朝風に
白い木の花のかおること！

主よ　あなたの愛する者が　病気です

ベタニヤのみなしご達が
せつなる願いを届けた朝
そこには　どんな
花が咲いていたかしら

おお　日がのぼった　日がのぼった
光輝く太陽が
すべてのものは影を持つだろう
しかし　光に向かって咲く花は
自分の影を見ることがない

数学者たち

静かな夜　色とりどりの花畑のように
棺（ひつぎ）をかこむ花があって
それがそのまま　ある数学者の
残りの者への　メッセージのようだった
「喜びに満ちて　私は旅立ちます」

数学者というのは　もともと
真実　純真で
無邪気で率直な人たちに違いないが
「救われるというのは簡単なことですね」
とほほえんだあの笑顔が
本当に美しくて　忘れられない
（と　人は私に告げた）

このところ晴れた日はほとんどなく
嵐ばかりが吹きつのって
木も草も　疲れたように色あせてしまったが

その夜　束の間　空の高みに
ほうやりと　さ迷い出た月の下を

若い数学者たちが
数式を語りながらやって来て
静かにすわり　耳を傾け　また祈り
「美しき星の彼方にゆきて」を歌って
数式を語りながら帰って行った

詩画集『天国のドア』（一九九五年）抄
（小林　碧・画）

あおいこずえに

あおいこずえに
ことりらの巣がある
その上に
天国の戸がある
ことりらは
ときどきそれをあける

降誕節

Ⅲ　降誕劇

天使になる子　羊になる子
出ないと言って泣く子　羊飼い
マリヤとヨセフ　飼葉おけのイエスさま
そして　歩きはじめたばかりの　星になる子

さあ　なっちゃん
この星を持って
まっすぐに行くのよ
イエスさまの方へ！

Ⅳ　集い

はりつめて静謐(せいひつ)な祝い日のよろこびを
胸にいだき　肩をよせあって
人々は会堂をうずめつくしていた
氷点下の大地をふみしめ
重くわびしい生活の谷間から
粉雪舞う　ほの暗い
森を　通りを　ぬけて来たのだ

ゆたかに澄んだ声が　今
クリスマスの詩を朗読している
おぐらきこの世にくだりたもう
イエス・キリスト　めぐみの光
暗く冷たい　死のかげの地に
めぐみの露おく　すくい主を
たたえよ　たたえよ　力のかぎり……

そのとき　地味なスカーフで髪を包み
柱のかげにたたずむ人の
ぽとぽとと　落とす涙が　しき石の上で

黒いあとになっていく
無骨（ぶこつ）なフェルトの長靴の先で
それは　やさしい花のかたちとなり
ほほえみのように　石の床から身をおこす

モスクワ市マールイ・ブゾフスキー横丁三番地にて。ソビエト時代、このモスクワ教会の住所は口から口に伝えられていた。日曜日の朝、教会最寄りの地下鉄ノギン広場駅の近くなどで、これは、と思う人を見つけるとこの住所をささやく。教会の人なら、にっこり笑っていっしょに連れていってくれるのだ。

蝶

子供服のペティコートは
もともと蝶の翅（はね）のようなものだが
庭にほしてあったそれの
折り重なったレースの間に　静かに
ひとつの紋白蝶がとまっているのを見つけたのは
春の嵐が　突然
荒々しい駿馬（しゅんめ）の群のように
青灰いろの空を横切りはじめた時であった
「今　蝶々さんを　お外にはなす訳にはいかない」
という少女の言葉に
使ったことのなかった虫かごが持ち出され
蝶は　緑いろの野菜の葉のベッドと
ガーゼにひたして小皿にのせた
うすいさとう水とをあてがわれた
具合の悪いことに次の日は
あまりに風が強すぎた
次の日は　朝から雨がふった
その次の日は嵐だった
そして三日がゆき
ようやく　おだやかなよい朝が来た
けれど蝶は　すでに　夜のうちに死んでいた

ああ　風が強くとも雨でも何でも
はなしてやればよかったのに
と悔やみながらかごのふたをあけ　私は
蝶を軒先の日だまりに出した
しばらくおいて　ふと気がつくと
窓のガラスを白いものが横切っていった
あっと思う間もなく
右に左にゆれながら
ぐんぐん空高くのぼっていく
私はいそいで少女をよび
蝶が飛んでいくのを教えた
少女はまぶしそうに外を見て
小さく　ああ　と言った
その日から　いっせいに花が咲きだした

たんぽぽ

妹は大きな日を見はって
ほろほろと涙をこぼした
よくまあ　恥ずかしげもなく
手ばなしで泣くものだ
少年は憤慨して　外に出た
妹を泣かせても　母は彼を叱らなかった
それがまた　癪の種だった
黙って歩いて行くと
一むれの犬ふぐりの花があった
青い十字形の小さいこの花は
ことのほか　首が弱く
つむと　じきに　あらかた落ちてしまう
小さかった頃　妹を連れて歩くと

この花をつんでは
とれたと言ってよく泣いたものだ
また行くと　あちこちに　たんぽぽがあった
少年は　ふと　たんぽぽをつんで
家にもどったが
妹にやるのも嫌なので
テーブルにほうり出しておいた
母が見つけて　妹につんできたの　と聞いたが
返事をしなかった
妹が　うれしそうに　お礼を言っても
黙っていた
ほんとうは　泣きたいのは自分なのに
妹ばかり　ぜいたくに
泣いたり　笑ったりしているのだ
そして　自分のこの心の
せいた気持ちと恐れとは何？
少年の目の中で　たんぽぽは
ひとかたまりになって
やわらかな光のように
静かにガラスびんにはいっていた

春の海辺で

――エコーとよばれる子に

新しい帽子に　とりどりのリボンを結んで
少女たちが　町からもどって来るように
春はやって来る　光に満ちて
峯の桜は　白い花を開き
菜の花畑のむこうに　海はまぶしく
今　満ち潮の時
河口のあたりを　ほっそりとした魚のむれが
うれしそうにくだっていき
子供らは　はや靴をぬぎ捨て

波にあいさつする
ひとりの少女が　流木をとって
砂に異郷の友の名をつづっていく
時々　思いついたように
バレエのポーズをとりながら
波が幼い文字たちを運び去ろうとし
長い旅路のはてに
それは　かの国の岸辺に流れつくのだと
手をふりながら　子供らは言う

日曜日のライオン

コンビナートの上を
ライオンの形をした雲が　進んでいく
胸をはり　頭をあげ
濃い紫に輝きながら

（風は海から　嵐の予感をのせて吹き
黄ばんだイヌヒエの葉をゆすっている）

どこで災難にあったのか
左の後足の先のない猫が
高速道路の下の空地を
一心不乱に歩いていく

今日は　日曜日だから　いつもは
ゆるゆるゆると　力仕事をしている
クレーンも休んでいる

大空にはり出した　一番高いクレーンの腕に
わざとのように　後足をかけて残し
ライオンは　ゆっくりと　去っていく

エルベの渡し船

Ⅰ

エルベには　今
渡し船がある！　と
いかにも　うれしそうに　友は告げた
（空港に　着いた私を　抱きしめたとき）

エルベ　かつては　東と西の世界をへだて
長く　苦悩のうちを　流れて来た河
おお　国境は開いた　おだやかに
広く自由な空のもとを　フェリーは進む

あの土手の
銀いろの恐ろしい柵はもうない
電流を通じた金網は　捨てられて錆びつき

この地の人々は　よろこんで
役目のなくなった　国境警備の塔や
シェパード犬を　ゆずり受けた

Ⅱ

けれど　なお　私自身の内面に
砂礫（されき）のように残っている
人をへだてる気持ちはないか
心の中の私の国境――ある人々は
他者を受け入れ　知らぬまに
天使をもてなしたが

土手に咲く　黄花白花
青い野生のヤグルマソウ

いかに多くの天使たちを
これまで　私は　追い返したか……

帰りの船で　渡し守は
異邦人の私にほほえみ

今日は特別だから　と
渡し賃をとらなかった

（注）　東西ドイツの国境となっていたエルベ川は、ドイツ再統一後自由に往来できるようになった。

秋の日

静かな秋の日には
ひととき目をつぶっていよう
おばあさまの編棒の
小さなカチカチという音が
聞えてくるかもしれないから
子供らはおとなしく
オルガンのふみ板の両側を
人形の家にして遊んでいる
そこに　人形だけが年をとらず
ふっくらとした白い顔にガラス玉の目を見はり
花びらのような唇から
針のめどほどの歯をのぞかせて笑っている
その彫刻をあしらった大きな楽器の足もとで

かつて　私も　さらには三人のおばたちも
人形遊びをしたのだった
ほの暗い居間から中庭を見ると
秋の日ざしは　繊細な
銀のかごからふるようだ
それは木立をぬけ
植え込みをくぐって
甘美な音楽のように流れてくる
その旋律の底に　ひとつの
古い記憶が沈んでいるようだ
私はそれを思い出せない
鹿と野ぶどうのすかしもようのある
丈の高い石どうろう
少しこけむして
じっと向かい合う二頭のこまいぬ
どうだんつつじのまるい葉はいろづき
かりんの重い実がすこやかに熟していく

夕方讃美歌をひくオルガン
五十年をへた人形の微笑
おばあさまの編物　長い不思議なお話
いつも着ていらっしゃった灰いろのマーガレット
使いこんで　あめいろになった竹の編棒
あれらはどこにしまってあるのだろう

復活節

Ⅰ　春の夜の森

森の上の白い月が
しだいに明るく光りながら
銀の空にのぼっていくと
春の森は不思議にみちている
かぐわしい息吹

しめった土のかおり　芽ぐむもののよろこび
小道をぬけて　空地に出れば
おお　満天の星よ　そして
そのはるかな上のあなたの瞳
　あくたの中から　私は
　あなたを慕います
このところで　私の身体は
病む者のように　くずれはじめ
しだいにとけて大地にしみていく
すると　またある夜　そこに
やわらかなわらびの子供が
そっと頭をもたげて言う
　主よ
　あわれみ深き
　主こそ神にましましますなれ！

Ⅱ　嵐の聖金曜日

森の木々が身をよじらせて
泣きさけんでいる
うちつける
春の嵐の中で
たくさんの梢に力をこめて
祈り求める手のように
天にむかってふりながら
聖金曜日
その暗い午後　ああ
かつて　この日
十字架だった私たち！

恐ろしいほどの黒雲が
四方に千切れながら
森の上をかすめとび

はげしい雨がどっとふきつけると
大地はとどろく（大地はとどろく）
もえでたばかりの下草はちぎれ
枝枝がとび　若い枝が落ちる

太い幹もふるえしなって
たおれようとし
暗い午後の幻におののく
十字架だった私たち！
おお　その時
ゴルゴタの丘の上に
神は　面（おもて）をふせ給う
世のはじめの先より
神は面をふせ給う

あとがき

この詩画集を作るにあたりまして、お世話になった方、長く祈り続けてくださった方に心から御礼申し上げます。

はじめにすばらしいイメージを広げてくださった画家小林碧さんに御礼申し上げます。絵を読んでいただける詩画集になったと思います。

それからデザインに心をくだいてくださった佐々木孝夫さんに御礼申し上げます。ゆたかな心で詩を読み絵を理解してくださってほんとうにありがとうございます。

編集のはじめから完成に至るまで、高校時代からの友人であり教会の姉妹である宇野智恵子さんに大変お世話になりました。私たちの高校は少人数で庭が広く、大きな木の下にまるくすわって、星の出るまで人生について文学や詩について語り合うことがよくありました。「あおいこずえに」のイメージを得たのはその頃のことです。

この詩画集の二十二篇の詩は次の詩集または雑誌に発表したものです。数字は篇数です。

『春風と蝶(二)、『詩界』(二)、『現代詩選』(四)、『ヴェロニカのハンカチ』(三)、『嶺』(一)、『詩と思想』(一)、『河』(六)、未発表(三)。

最後になってしまいましたが、いのちのことば社の斎藤睦子さん、伊東正道さん、ほか、皆様に厚く御礼申し上げます。また山の上教会の兄弟姉妹に御礼申し上げます。

一九九五年三月

よみがえりの春を待ちつつ　中山直子

若い日に、私は一人の教授に出会いました。彼は「思想史」を教えておられましたが、ゆるやかな流れのようにさりげなく、しかも絶妙な語り口で学生たちを魅了していました。中山直子さんの父上のことです。

このたび、中山さんの詩を読ませていただきながら、受け継がれていく信仰を思い主をあがめました。

詩を読み、思い巡らし、描くという作業を、何の制約もなく自由にさせてくださいましたことを感謝いたします。

一九九五年三月　小林　碧

ロシア詩集『銀の木』（二〇〇二年）抄

銀の木

森の空地の奥に
二本の美しい木が立っていた
その葉は柔らかく　丸みをおび
風が吹くと　ひるがえり
その葉の裏は磨かれたような銀で
銀の鈴が歌うように　ゆれて　ふるえた
そこに二人の村の子供が通りがかった
年かさのひとりが言った
「美しい（クラシーヴォエ）木（ヂェレヴァ）」
もうひとりが言った
「ほんとうに（ダー）　なんて（カコエ）　美しい（クラシーヴォエ）木（ヂェレヴァ）」
そして　しばらく
銀の木に向いあって
じっと　たたずんでいた
やさしい太陽に肩を撫でられ
秋の名ごりの
草のにおいを嗅ぎながら

二〇〇一　九月七日（金）コムナルカ／
九月十日（月）レーニン図書館

パステルナークの家の窓枠にて記す

玄関わきの小部屋は
寒い北国で　外に出るとき　長靴をはき
しっかりと毛皮のオーバーを着るための部屋
凍てついた街路からもどるとき
暖かい部屋に入る前に一息つき
顔のこわばった寒さの仮面をはずし

冬の重さと暗さをぬぎ置くところ
しかし　今は夏
ここは自由で明るく
フックには重い外套もなく
その上の細長い棚には
毛皮の帽子もなく
夏のうちに咲かなければ　と
いそいで成長したフロックスの花が
ぎっしりとよりそって
前の花壇をうずめている
シラカバの葉は　ところどころ金をまじえ
森は　しずまって　冬を予感する
二重のガラス窓のうちそとに
はかなげな小虫が飛びかい
一番上の桟の右側に開かれた小窓から
流れ入るひややかな風は
かすかに古い時の香りと

大理石の上を流れる水のような
ロシアのニスのにおい　そして
ぽつりと置かれた古い木の椅子は　昔
森の精の所有だったのかもしれない
ここの主の詩人は
貧しさこそ　魂の富だと
思っていたようだが
今　ロシアは　アンバランスに
豊かになりつつあり　それが
ある人々を　不安にさせてもいる
詩人が最期を迎えたという寝台は
今では使われないような質素なものだが
そのグレイのかけ布の上に
一束の夏花が
これこそ詩のように　横たえられている

二〇〇一年九月六日（木）ペレヂェルキノ／
九月十三日（木）レーニン図書館

緑の汽車

「我らは緑の汽車に乗り……」
という詩を書いた女の子が
独ソ戦に巻き込まれる物語を
読んだことがある
その子は仲間たちと　モスクワから
ウクライナの農村に
ピオネール・キャンプに来たのだったが
戦火の中を逃げまわり
農家の手伝いをしたりしながら
ほんとうに学びたい！　と思っていた
とうとう村に学校が開かれることになり
新しいノートをもらって　まもなく
抵抗運動に加わっていた女教師をかばって
その子は死んだ
まだ一行も書かれていないノートを握りしめ
「私の先生よ！」という言葉を残して

今も　ウクライナ行きの汽車は緑だった
ひどく古びた車輌に
今風の　世界中どこでも通用するような
流行の服の若者や
大いに身なりのよくなった人々が乗り込むと
やたらと物売りが来て
さまざまな物を見せてはまくしたて
汽車はロシアの森の中を走っていった
ここでは緑は
希望の色とされているが
あの子の希望だった
一冊のノート
学ぶためのほんの少しの時間は

今は誰の希望となっているのだろう

二〇〇一年九月六日（木）
キーエフスカヤ〜ペレヂェルキノ／
九月十四日（金）スモレンスク通り

図書館

I

ロシア国立図書館は　いまだに
「レーニン記念中央図書館」の文字を
建物の上にかかげ　そう呼ばれているが
ソビエト時代には　誰もいなかった
幅の広い石段の中央に
今は　ドストイェフスキーが
背中をまるめて　すわっている

その大閲覧室では
すわって読む人の数より
植物の数の方が多い
彼らは　決して動かず
ひたすら　たたずんで
自分の思いを紡いでいる
その緑の　ダイナミックスは
人の心を　ひたひたと満たし
問いかけて来る
　人間は
　これでいいのですか……

II

ここの人たちは　ほんとうに緑が好きだ
図書館も例外ではない

人の背丈より高くなったハイビスカスが
大きな木の箱に植え込まれていたりする
パピルスやヤシの木　モンステラという名の
熱帯樹も　みんな元気に育っている
シダは巨大に育ってしなだれているし
ポトスやツタは　壁に支えの釘を
打ってもらって　伸び放題だ
書見机の間の柵の上にも　二つずつ
植木鉢が飾ってあるのも壮観だ
時たま　午前中に　デジュールナヤ（当直の女性）が
この二百個近い植木鉢に
ひとつひとつ　やさしい手つきで
水をかけに来る

高い窓の上からは
昔風に　縦と横にひだをとった
白いカーテンがさがり
明るい風にゆれている
こういうカーテンは近頃あまり見かけない
柱頭のある四角い大理石の柱に支えられた
五メートルの高さの天井は白く塗られ
こまかいレリーフがほどこされている
中央にさげられた唐草模様のシャンデリアには
灯りが十六個ならんでいる
夕方になると　そのうち十一個は灯るが
四個は暗く　一個は灯らない
しかし　その様子が
かえって　私を　安堵させる
書見用のランプの　緑の琺瑯（ほうろう）引きのかさは
かすかに　きな臭いにおいがする
冷えてきた手をあたためてみる
古い図書館
今までこのザールで　どんな人が
どんな学びをして来たか

向いの席に
女流文学者のような人が来てすわる
ゆたかな白髪の美しいまげが
緑の間に見え隠れする
午前の図書館
今も　学んでいる人がいる

二〇〇一年九月十日（月）レーニン図書館／
九月十四日（金）レーニン図書館

黄金の秋に大楓の木の歌った歌

太陽はまだ暖かく
フロックスの花はピンク
サルビアは赤く
私の葉は　今が一番金いろ
私を見ておくれ
よく　見ておくれ
明日はマロース（厳寒）が　一息で
黄金の夢を　運び去る前に

二〇〇一年九月八日（土）コロメンスコエ／
九月十六日（日）リューネブルク

詩篇

その人たちは
まだ教会堂が持てないので　と
ある映画館を借りて
日曜日の礼拝をしていた
以前には考えられなかったことだが

今や街に氾濫していた
「共産主義に栄光」という赤い看板は消え
この人たちの　つつましい唇からは
しばしば「神に栄光」という言葉がもれ出る

礼拝の中で
詩篇の暗誦をした人がいた
後で私は
「私も日本語で詩篇を暗誦しましょう」
と　申し出た

その人は
真底うれしそうに
顔を輝かせて聞いていたが
そっと自分の右手を
左の胸にあて　微笑して言った
「私には　日本語は
全くわからないが
心でわかったよ　そう　心でね！」

二〇〇一年九月九日（日）バーブシキンスカヤ／
九月十一日（火）レーニン図書館

バーバ・ヤガー

子供の頃　母が
私を丸善に連れて行って
世界の童話という全集を示して
どれかひとつ買ってあげる
と言ったことがある
イギリス　フランス　ドイツや北欧
アジアやインドの童話もあったが
私はじっくり考えて
ロシアの童話集にした
（母はいつも　徹底的に　子供を
待ってくれる人だった）
期待を裏切らず
ロシアの童話は面白かった

中でも驚いたのが
森のおばあさん　バーバ・ヤガーの家の話だった
ニワトリの足の上に乗って
ぐるぐるまわっている家なんて！
私は時々ふろしきをネッカチーフにして
かわいそうなワシリーサになったつもりで
森に行く遊びをした
ロシアの森は
私の空想の中でふくらんだ
そこには胸のときめく何かがあったが
大人になってから
実際に　子供を三人連れて
みんな　あなたの子供なのか
などと問われながら
ロシアの町を
歩くようになるとは　思っていなかった
冬になると
ロシアの町の青い闇の中を
バーバ・ヤガーも
買物に出て
するする歩いているような気がする

二〇〇一年九月九日（日）スモレンスク通り／
九月十四日（金）スモレンスク通り

明るい秋の空に

明るい秋の空に
まるい黄金の葉が
重なりあってゆれる
ゆれながら　いつくしむ
明るい秋の太陽を
明るい秋の空から
はらはらと落ちる通り雨が

やさしい手のように
額にふれる時

人よ
立ち止まれ
そうして耳をすませ
向こうの森から
つつましい涼やかな風が
野を渡って来る

二〇〇一年九月十二日（水）フェルスマナ通り／
九月十八日（火）リューネブルク

何というむごいことを

アメリカにいる両親と兄一家を
訪れるため　アメリカ大使館に
ビザをもらいに行った人がいたが
――何だか大使館がしまっていたよ
飛行機がペンタゴンにつっこんだらしい
ニューヨークとあと一箇所でも……
ニューヨークの空港は閉鎖になっているよ

驚いて帰って来て
ＴＶをつけると
貿易センタービルに
飛行機がつっこんで
こわれるところであった
どうしてこんなことが起るのだろう
ほんとうに　何というむごいことを――

ロシアの魂という言葉を
教えてくれた人がいるが
いつのまにか　次々に
アメリカ大使館の前に立つ人の姿があって

多くのろうそくがともされ
あるいは　一本の赤いばらを
鉄さくに結びつけ
貿易センタービルの以前の姿の絵葉書を
そっと飾って帰るのだった

二〇〇一年九月十一日（火）スモレンスク通り／
九月二十一日（金）港南台ヨコハマ

霧

なつかしい霧の朝
黒い影のように
人が出勤していく
昔の建物の呼吸
彼らは　変り身の早い人間を
きっと　心配しながら
見つめている

たくさんの「なぜ（シトー）」という
ささやきと共に

二〇〇一年九月十二日（水）スモレンスク通り／
九月二十五日（火）港南台ヨコハマ

山ならしの悲しみ

「私がこんなに身をふるわせているのは
　実は恥ずかしがっているからでは
　ないのです」
そう言いながら　山ならしは
またも身をふるわせた
全く　何という
センシティブな木だろう
「それが
　あの男が

私の枝で
　首をつった時……」
私はぞっとした
では　あの言い伝えは
ほんとうだったのか
キリストを売ったユダが
この木で死んだという……
「ほんとうに……」
木はここでまた
「はあっ」とため息をつき
身をふるわせた
「ほんとうに　重かった」
「何が?」
私は思わず問い返した
「あの男がですよ
　あの男の絶望がです
絶望とは

あんなにも　重いものだったのか
はあっ
その時なんですよ
私の葉という葉がさかだって
葉のくきが
こんなに長くなってしまったのは
それでなのですよ
いつも　自然と
ひらひらとふるえてしまうようになって
ユダのせいで　恥ずかしがっていると
思われるようになったのは」
今度は私が恥ずかしくなった
「ごめんなさい
あなたのこと　何もわかっていなかった
みんなそう言っているし
　辞書にも出ているし……」
山ならしは　からだをゆすって

ちょっと笑った
「いいんですよ
みんなの言うことなんて
あてになりませんよ
辞書なんて
さらに　いっそう　あてになりません
本人に聞いてくれなくちゃあ
それで　あなたの持っていらっしゃる
その辞書ですけれどね
それを作る時　誰も
本人に聞きに来ませんでしたよ」
「まあ　みんな色々と忙しいですから」
仕方なく　そう言うと
山ならしは　すぐに納得した
「足のはえてる人って
忙しくて大変でしょうね
なまじ場所移動ができますから

でも　時間の中は移動できないって
すっかり忘れているのでね
忙しくなってしまうのでしょう」
(知らなかった　そうだったのか……)
「でも　もう　いいんです
きっと　おぼえていて下さいね
裏切りが　苦しいってこと
七本の剣で
心を刺し貫かれる苦しさだっていうこと
私たちは　それを
あのお方に　してしまったのですよ
それで　私は　いつも
悲しいって言ったらいいか
やるせないと言ったらいいか
考えてもみて下さい　私は木
あのお方をかけた十字架の
同じ木の仲間なのですよ……」

このお人よしの木の考えからは
その木を十字架に仕立てたのは
足のはえた人間だということが
すっかり脱け落ちているようだったが
ちょうど　その時
もっと強い風が来て
森のすべての木々が歌いはじめた
山ならしは　頭をあげて
その合唱に加わってしまい
私は　そのことを
言いそこねてしまった

二〇〇一年九月八日（土）コロメンスコエ／
九月二十九日（土）港南台ヨコハマ

愛してくれた人

愛してくれた人の思い出は
いつも懐かしいが
知った人のほとんどいない異国の町で
　仕事のあるのは嬉しいことですよ
と言いながら　私に
ドイツ語の読み方を教えてくれた人が
ソビエト時代の一九七七年頃すでに
あの詩人の家を訪れていた　と知って
何とも言えなく懐かしく
今は亡き人の　あの温かな茶色の目が
木をはめ込んで繕った跡のある
大きなカシ材の机や
真東と真西に面した二階の窓

ドイツ製のグランドピアノ
西側の本のつまった書棚
鉄パイプを組んだようなベッド
そんな様々なものを　私と同じく
見ていた　という嬉しさ

その頃は　まだ　パステルナークは
いないことになっていて——
その人の息子は言った
彼は全くその社会から認められず
ノーベル賞も受け取れなかった
その家は　彼が使っていた時のまま
閉められてあり　親切な近所の人が
あけてくれたので
そこを訪れることができたのです
彼の墓には　新しい花が　置かれていたが
それは　ルスカヤ・ドゥシャー(ロシアの魂)の
なせる術(わざ)なのだ……
とそこだけロシア語で　彼は言い　私も
詩人の亡くなったベッドの上の
生花を思い出した

パステルナークの家に　案内書と並んで
一冊だけ置いてあった
詩人の作曲したソナタの楽譜を
　これは難しくて　私には
　弾けそうもないのですが
と　取り出すと
音楽も好きな彼は
少し弾きにくそうにしながらも
全部弾いてくれた
ロシアの詩人の
遠い精神のこだま
何かが少しずつ　ずれていて

それが心の憧れに連なるような　たとえば
草原を吹きわたる風が
ふっと　ひきかえすとき　なびいていた
やわらかなスカーフが
一瞬宙に浮いてたゆたいながら
ひきもどされるように
それぞれの季節の記憶が　交差する
水晶の洞窟の中を　落ちていく
雪どけの水のような音で
光とかげ
死と生
激しい嵐と青い空
とが　次々に　入れかわっていく
最後の和音を弾き終った後
一息おいて　彼は言った
　全く　ロシア的だ
何もかもロシア的な不思議な追憶

昔ロシアの町に住んでいた頃
私を愛してくれた人の
若い時の写真の飾ってある部屋

二〇〇一年九月十七日（月）リューネブルク／
十月三日（水）港南台ヨコハマ

詩集『トゥルベツコイの庭』（二〇〇二年）抄

中山直子新詩集の「序」にかえて

上村　肇

中山直子さんが、ここに新詩集を編むにあたり、私に序文を書けとのことであるが、名実共に高いこの作者に対して、私如きものが、何をか言わんや、と云うのが、実の処私の感想である。この詩人に就いては、前著『ヴェロニカのハンカチ』において既に述べていることであって、熱心なキリスト信徒であり、その作品の何れをとっても、私など頭の下る外はない存在である。

『ヴェロニカのハンカチ』は、一九九二年十月の、今回と同じく第一回の「伊東静雄賞」を得た、本多寿氏の発行になるもので、装幀においても、内容においても、他発行所に劣らない良いものが出来ると、期待を深くしている。前著からすると既に十年位時間を経た発行で、この間作者は、私が発行していた「河」や、その他宗教関係の詩誌にも熱心にその佳品を発表し来った詩人である。前著『ほほえみはひとつ』の中に「山鳩」と云う作品があって、私などその書き出しの四行などにひどく心うたれたものである。

いつまでも　いつまでも暮れない　北国の六月
森のくぼ地で　落ちた山鳩を　私は見た
やわらかな青紫の胸毛を　空に向け
のどのあたりを　夕焼けいろに染めて　〈以下略〉

この四行だけで、詩性の輝きが充分理解される。今回の詩集にもこの美しさを底辺に秘めて、格調高く歌い上げられている。この美しさを更に美しくしているのは、信仰の火焔が作者の日々の生活と共に揺影していることである。これが第一である。毎回「伊東静雄賞」の有力な候補に上り乍ら、あと一歩と云うところで、常に佳作にとどまっている。大変私など残念に思っているが、これぱかりは仕方がない。選者である鈴木亨先生も選評として左の如くもうされている。
　対象となった作品は、「青い朝顔の花」と云う作品であったが、『引用されている聖書の一節にやや寄りかかりすぎていて、詩としての自立性が希薄になっている点に、問題があると思われた。』（第十一回伊東静雄賞選評より）
　詩の自立性と云うことは、作者にとってはよく解っていることであろうが、この自立性の根本に棄てることの出来ないのは作者の神に対する信仰の精神である。この信仰の精神がなくなれば中山直子と云う詩人はこの世にはないので、これが問題である。単なるよりかかりではないのは、この作者の外の著作を見ても理解される。詩の世界はこうした宗教性を無視することはできないものでもある。問題である。私達は中山直子の良き読者としてこの問題点を更に一歩深く考えねばならないような気がする。

二〇〇二年一月十五日

Ⅰ　探し物

探し物

自由が丘の駅で　開いた紅ばらを一束買い
走って世田谷の両親の家に行った
母が下の入歯をなくしたという
往診のお医者様が「少し面変りされた……」
とおっしゃってわかったとか
サイド・テーブル　抽斗　鏡台　タオル入れ
「いつから無かったの」「大分前からよ」
私になつかない美しい猫が
チラとこちらを見て　別の部屋に逃げる
身体を洗ったことを余程怒っているのだ

ベッドの下　ベッドの上　あったあった
ほら　枕と蒲団のちょっとした死角に！
「ああ　よかった　私は　もう
　一晩中寝ないで　入歯を見張っていよう！」
母の言葉に父が大笑いをする
ようやく落着いて　母はいつもの話を始める
母の故郷の家には　軒に這い上る程の
大きなばらの木があり　六月には
八重の赤い花が房になって咲く　それを
植えた祖母は　母九歳の夏にみまかった
「ある壮大なものが徐(しず)かに傾」＊くその前に
例えば一九三六年頃からの詩誌「四季」
を読めば　次第に強まっていく軍靴の音
硝煙の臭いを　人は想像できるだろう
心とは何か　国家とは何か
みどり児を胸に　母は出征する父を送った
駐屯地の高い塀に沿って二人は黙って歩いた
そして多くの国民は　入歯を作る年を迎える
ことなく死んでいった
今また何かが傾き始めているようなこの時
私達が探すべきもの
夜を徹して見張るべきものは　何か
母のような若妻が　子を抱いて　呆然と
高い塀の中に去る夫を見る日が来ないために

＊　伊東静雄「夏の終」（詩集『春のいそぎ』所収）参照。

青い朝顔の花

今朝　青い朝顔の花が咲いた
露にうるんだ　静かな風の中に
「お前を播いた時　母はまだ生きていたのに

微笑したり　たしなめたり
お庭に乙女椿が見えたと言って喜んだり
私の淹れたコーヒーを　とてもおいしい　と
誉めてくれたりしていたのに……」
私がそう言うと　朝顔は花の縁を　かすかに
ふるわせ　中央のくぼみを蒼白に曇らせて
同情してくれた　そして言った
「私は抽斗の中で眠っていました
しかし　何故かわかりませんが　私の中に
憧れのようなものが兆したのです　それが
時だったのでしょうか　私は播かれました
そして熱い憧れを鎮める
湿った柔らかな土を感じました
ああ　これで安心　これが私の憧れの答
だったのか　と　その時は思いました
まもなく　苦しくて苦しくて
身体が破れそうになり　もう

何もかもおしまいだ　と思う程でしたが
うずうずと疼くものが込み上げて来て
とうとう光を見ました　双葉となって！
私は空に向かって　ぐんぐん伸びました
そこに強い糸で結ばれているかのように
私の憧れは　思っていたのとは全く別の形で
満たされたのです——おわかりですか」
私が頷くと　朝顔は続けた
「そして　さらに信じられないことには
あの青い空が来て　今　私に宿ったのです
ね　お母様には死なない魂がおありでしょう
『汝の播くところのもの
　まず死なずば生きず』*って
私のような小さな種ですら　このような変身
を遂げたのです　まして人間の魂が　大きく
変わらない筈はありません　お母様は　必ず
天の花園にいらっしゃいますよ！」

こう言い終わると　朝顔は　私の
顔をのぞきこんで　ほほえんだ

＊　コリント前書一五章。

陸標

海から吹きつける雪まじりの風が頬にあたる
春浅い夕べ　港の新市街地に立つ
七十階の陸標『ランドマーク』は　滲んだ
赤い灯を明滅させている　旅する眼差しに
支えられながら――私は　その辺りで
開かれた小さな会のあと　人と連れ立ち
駅に行く『動く歩道』に乗っていた

雪は　まるでクリスマスのように降りしきり
私の魂を　暖かくやさしく　揺り動かす
幼年の日のように　その頃
今は取り壊されて久しい昔の駅舎に
クリスマス・ツリーが立てられていた
ああ　なんて　きれいなの　仄暗い中で
それは星を頂き　天井に届きそうに見えた
「昔　あそこに　とても大きな
　クリスマス・ツリーがありましたが」
ふと私の口を洩れた言葉に
思いがけず隣りにいた人が応じた
「あれは私が立てたのです
　御覧になって下さっていましたか」
その人は　当時　この近くの
古い教会の副牧師をしていた
信徒の中に　植木会社の人の家族もいて
十二月には　立派な樅の木二本が捧げられた
一本は講壇の脇に　一本は駅に飾った

クリスマスの宵には　二百人の青年達が
キャロルを歌いながら町に出た
駅のツリーを囲んで歌うときは必ず
駅長が出て来て立っていて下さるのだった

長い年月忘れなかった木のことを
親しみ深いその声の語る響きが夢のようで
私は大きく目を見開いた　そのとき
私の前に　あるいは私の内に　あの木が
灰色の中空に聳える陸標よりも高く
深緑の両手を上げて輝き　楽しげに言った
「いつかお前が天の港にもどるとき
　私がお前の陸標になろう」

影

通っていた小学校は町中にあり
校庭がきれいに舗装されていて
夏にはパーゴラにノウゼンカズラが咲いた
ある朝　先生が　私たちにチョークを渡して
校舎の影や雲梯や鉄棒やパーゴラの影を
このチョークで縁どるように告げられた
私たちは白い帽子をかぶり　みんなで影を
コンクリートの上に描いた
パーゴラの植物が　風に揺れているのまで
うつしとろうと苦心しながら

二時間の課業を終えた中休みに
外に出て影を調べた　影は大きく動いていた

生徒たちは動かないと思っていた日影が
こんなにも動いていることに驚嘆した
お昼には影はもっと動いていた
先生は　太陽が動き　影も動くこと
そして時間が過ぎていくことを教えた
記憶ということも

その頃　教室には　いくらか年上の
細面の美しい少女がいた
内気なその子は　みんなで何かするときには
いつも　そっと　私のそばに来た
影をなぞったその時にも
はるかな幼年時代　私は　それまで
時が過ぎ去ることを知らなかった
夏休み前の教室で　私は
後になったら　長い物語を書き　その中に
今この時のことを書き込むのだと想像した

そして　今　私は長い物語は書かなかったが
あの　朱鷺色の花の強く明るい色あいも
一種悲惨な悔恨の色をおび
夏の日のほがらかな影も　痛い悲しみに
縁どられることがある　と知った
また　あの名前を忘れてしまった子の
まっ白な帽子の中のやさしい微笑が
かぎりなく得がたい
人生の贈物であったことも

花園

毎晩眠ろうとすると
目の中にもどって来る花園がある　それは
歌うように　揺れたり渦巻いたりする

不思議な花で　びっしりと埋まっている
幼い日に見た花野の残像が
長い年月の間に　華麗に成長したのだ

当時　私たちはとても貧しかった
食べる物も　着る物も　家すらも
戦争が奪い去ったらしかった
ある日　母が　弟と私を
小さな間借りの部屋から
沼のほとりの野原に連れ出してくれた
そこにレンゲソウがたくさん　まあるく咲いてい
て
となりには青いイヌフグリの花が
かたまって咲いていた

母はレンゲソウの場所をさして
「ここは直子のお家よ」と言い
イヌフグリの場所をさして
「ここは務のお家よ」と言った
弟と私は　それぞれの家の中央にすわり
「ここが　お家よ！」と言いあった
また　互いに訪問しあったり笑ったり
その時は幸せという言葉を知らなかったが
色あざやかに　満ち足りた時間だった
その夜　眠る前に目を閉じると
楽しかった花野の家が　ありありと見えた

母から贈られたものは　数多いが　中でも
この目の中に展開する　生きた花園は
久しく私を支えてくれた

Ⅱ　リリシズムと犬

リリシズムと犬

いつか僕のリリシズムになってほしいと
雪の中を歩きながら　昔[*1]
そんな風なことを言った人がいるが
犬だって　私のリリシズムだった
生きて　いつも　居ずまいを正して
私の暗誦するリリックに
まるい目をして　耳傾けてくれたのだから

「初恋」「冷たい場所で」「春と修羅」
「行って　お前のその憂愁の深さのほどに」
即ちこれが犬の趣味
　犬の好きだった詩

犬なのだから　もしも死んでも
悲しくなんかない筈だと
用心深く　自分に言い聞かせていたが
春も待たずに死んだ時には
やはり悲しかった

雪が降り　降り続き　電車が止まり
暖房を消した家の中で　オーバーを着て
いつまでも　死んだ犬の
美しい死顔を見つめていた

けれど死とは　恐ろしくまた残酷なもの
次の日には死臭がして
降りつのる雪の中
白モクレンの木の下に葬ってやった

リリシズムを言っていた人に
穴を掘ってもらって

――春の雪　まなこ閉じ眠れる犬の
おもかげの　上にかつ消え……[*2]

＊1　『愛と詩の手紙―ボリス・パステルナーク、オリガ・フレイデンベルグ往復書簡集』一九一〇年七月十二日、二十三日。

＊2　本歌／伊東静雄「春の雪」（『春のいそぎ』所収）。

詩のいる場所

詩のいる場所　というのが　確かにある
そこは　微妙に　青い影がさし
時の流れが　かすかに淀み
間尺に合った普遍空間が
やわらかく　ねじれたり
上品に　ゆがんだりしている

しかし　詩は生きていて
好きなところを動きまわるので
いつまでも　同じ場所にいることはない
今　私の知っているその場所は　図書館の
大窓の下を上って来る山道の向こう側に
身を乗り出して咲いている　白い桜の木
その裏側あたりだ

素朴で　凛々しく　陰翳があり
清々しく　潔癖な　あの花の風情が
気に入ったので　詩は
肩をすくめて　ほくほく笑いながら
うしろの松の木のあたりを
出たりはいったりしている

詩が言ったという話
「あるとき　雪桜という名の　純白の犬を
　毎朝　散歩に連れ出す詩人がいた
あの詩人の一途な純潔の心も　犬の名も
とても気に入っていたので　いつも
跳んだりはねたりで　散歩について行った
あの犬の名は　全く美しい
いい名前だと思っていたが
それは　おまえのことだったんだね
おまえに会えて　うれしいよ！」

私はこの話を　次の週に
桜の木自身から聞いた
あの場所に　行ってみようと思いながら
何か忙しく本をさがしていて
私は詩に　会いそこねてしまったのだ

桜の木の方は　詩にほめられたことを
話せる相手が来たので　にこにこと
白い花びらを　ふりまいていたが

暖かい夜に

扉をあけると　きつい花の香りがし
向こうで　車のエンジンをかける音がして
誰かが　今
闇の中を走り去った

柏の木の梢が　一時　ざわめいて鎮まると
奥でオルガンが鳴りはじめ
やがてそれはフーガへと移り
オーロラのように揺れ動いたり
うっとりときらめいたりしながら

螺旋階段のように続いていく

昔この家にいた少女達のために
実直なクリスチャンの職人が
こしらえてくれたというオルガンで
二百年も前の曲を弾いていて
高速道路の無機的な灯りの中を
疾走する車を思い浮かべるとしたら
何か矛盾しているようだが
憧れとは　生きるとは　変る筈のないもの

そして　それは人生論ではなく
生活すること　たとえばジャムを煮ながら
子供と話をすること
互いに遠く離れていながら
星座を作っている星のようなこと
たった一度　パーティでつけたという
祖母の古びたレースの手袋を
今も捨てないで持っているようなこと……

すると誰かが　明日また来て
冗談めかして言うかもしれない
「けれど　たまには　矛盾にみちた
　人生論も　楽しむこと」と

トゥルベツコイの庭

小道のわきの
ふるびた小鳥のえさ台は
誰がいつ作ったのか
破風に彫刻がほどこしてある

少し行くと開けた所に

小さな墓地があり
トーポリが数本植えられていて
絶えずまるい葉をゆらしている
風の通り道なのだ

ここを行ったり来たりする者は
今この時　この瞬間　あらん限りの幸福に
胸をふくらませる存在と

今も未来も過ぎた時も
安らかにひとつの幸福である存在とに
同時に思いを馳せることができる

庭師たちがよく働くので
思いがけぬ場所に
大きなバラの木があったりして

その香りのように
今朝子供らに教えたばかりの言葉が
私のまわりを浮遊する

「人は　永遠なるおん方と
ともにいるのでなければ　けして
まことに　幸福であることはできません」*

＊　アウグスティヌス『告白』（服部英次郎訳）参照。
例えば四巻九章、五巻四章、一〇巻二三章等。

Ⅲ　砕かれて　クリスタルの輝きを現わし

砕かれて　クリスタルの輝きを現わし

ほら　この石をごらんなさい
その人は　私の小さな手を
包むようにして　一個の
石を持たせてくれた
ほんとうに　ある悩みを
抱えて　苦しんでいた時

ほら　この石は　こんなふうに
割れています
けれど　ここのところに
クリスタルがあるでしょう
この石は　砕かれたが故に
こうして内部の
美しいクリスタルが現われたのです
去年　私が　今のあなたのように
悩みを抱えて　苦しんでいた時
ひとりの友人が　これをくれました

さあ　これを持っていて
――いいから　どうぞ　持って帰って
いつか　あなたの悩みが解決した時に
また返して下さればいいのですから

今　私は見つめる　私の手の中の
静かに重い　ドイツの石
そして　思い出す　あの人が
希望を持ちましょう　と

言っていたこと
なめらかな灰いろに
オレンジがかった縞のある
中央にクリスタルを抱いた
砕かれた石

星と重力
——今宵も星が風にこすられる*

尹東柱（ユンドンジュ）

夕暮れ　繁りすぎた街路樹が
縺れあって風にあおられ
信号機の灯が見え隠れする
赤く　また青く　そこを
ゆっくりと進む車の列に
飛礫のように雨が来る

嵐の前の透き通る六月の日に
私らの　幼かった息子は
父と同じく二十八歳で
幸せな結婚をした
野花の好きなその少女は
泣いても笑っても美しかった

そして　今　ちらちらとする信号灯の彼方に
私が見るのは　風にこすられて耐え
白熱して輝く詩人の星だ
祖国の言葉で詩を書いた咎で
捕えられ　苛まれて　獄死した
息子と同じ年だったのに

その詩のどこにも　理不尽な私らの国への
恨み言など　一言半句も無かったのに
ただ　星と風と木や草と　ゆかしい名前や

「おかあさん」や弟が
歌われているだけだったのに
ごめんなさい　尹東柱
　そして東柱のお母さん
あなたの息子は　花嫁のヴェールをかかげる
こともなく　逝ってしまわれた

罪深い私らの歴史は　黙々と続くあの車の列
のように　どこに進んで行くのだろう
それぞれの人の幸せには　その重さだけの罪
があり　それに釣り合う宥しがある
その思いが　心に　吹きすさぶ

＊　尹東柱（一九一七―一九四五）「序詩」より。
曺紗玉（チョサ オク）・森田進訳、韓国キリスト者三十九人詩集
『明洞（ミョンドン）のキリスト』による。

遠雷

樹の中に水が
澱んでいる午後
ふつふつと暖まった空間を
よろめくように　泣くように
紋白蝶が飛んで来て
私の頬に　突きあたる

そのとき　私は思い出す
「私は朝鮮人なのです
　今まで黙っていたことを
　悪く思わないでください」と
静かに話したその人の
きりっと　澄んだ横顔を

犬が不安げに　前足を踏みかえ踏みかえ
胸を波うたせて　あちらを見る
遠雷のする深い杉林の向こう
あの辺りから　今
世界が終りはじめているとしたら
それが私たちの希望なのだ

「私は日本人なのです
　お国で教会に火をかけ
　信徒を虐殺した者の子孫なのです」
と　あのとき　私は言わなかったが

天のはしから　天の果てまで
長い稲妻が走り抜け
私の内側に　新しい声が
だんだん強く　とどろいて来る

夏草の丘

刃物のように　ぎらぎらと
激しかった夏の日も　ようやく暮れた
汚れた血のような太陽が
幾層倍の重さとなって

とつとつと　沈んでいく
二本の高い鉄塔が
わずかに身をかがめて
それを見ている

灰いろの中空に　いつのまにか
夕焼けの雲が　浮んではいるが
それは　何と薄く　悲しげなのだろう

主よ　あわれんでください！　我らの内なる
カインの心　『国旗』というあれは太陽ではなく
血であったのかと　思いあたった日

我にさわるな

「我にさわるな」と　あの方はおっしゃった
深く　やさしく　きっぱりと
あの茫漠とした日曜日の朝　灰いろの黎明が
墓地の草木を浮びあがらせていったが
泣くことだけに身を投げ出していて
あの方のお声に私は気づかなかった
「なぜ泣くのか」とあの方は言われた
他の誰が私にそう問うて下さるだろうか

七つの悪霊に私は捕われていた
弱く恐れる心から　唯こわいこわいと
死のかげの谷　暗黒の中を逃げ続け
あるとき　暖かい胸に突きあたった
そのとき以来　あの方を離れたことはない
それなのにあの方は十字架に上げられ
お墓もからっぽ　もう何もかもおしまいだ
と気も狂わんばかりだった
けれどお姿を見分けて　すがりよる私に
「我にさわるな」とあの方は言われた
「まだ父のもとにのぼっていないのだから」と
それまで私は多分あの方を
夫や息子　父親のかわりにしていたのだ
でも　あの方を　地上の愛で
しばってはいけないと　すぐにわかった
あの方は　それから　私にも
自分と同じに　清くなるようにと言われた

悪霊つきのこの私に
小さな手足の無力な女に　生きよ
清くなれ　すがりついていてはいけない
と　言って下さったのだ

今　立ち上がって　私は走る
刻々と強くなっていく朝の光の中を
あの方を見た！　と知らせるために
耳のあたりで　あの方の残り香がする
ああ　私の心は木の頂の小鳥のようだ
胸の中で　歌がはじけてほとばしる

『一週のはじめの日、朝まだき暗きうちに、マグダラのマリヤ墓にきたりて、墓より石の取除けあるを見る。……後に振反れば、イエスの立ち居給ふを見る、されどイエスたるを知らず。イエス言ひ給ふ『をんなよ、何ぞ泣く、誰を尋ぬるか』マリヤは園守ならんと思ひて言ふ『君よ、汝もし彼を取去りしならば、何處に置きしかを告げよ。われ引取るべし』イエス『マリヤよ』と言ひ給ふ。マリヤ振反りて『ラボニ』（釋けば師よ）と言ふ。イエス言ひ給ふ『われに觸るな、我いまだ父の許に昇らぬ故なり、……』

ヨハネ伝福音書二〇章一節以下参照。

ドイツ語日本語詩集『春の星』（二〇〇五年）抄

はじめに

ドイツの春が来ました。風はまだ冷たいのですが陽光はすでに野に満ち、庭のそこかしこに早咲きの花が咲きだしています。開かれた窓辺で私はこれを書いていますので、たくさんの鳥が歌っているのがよく聞こえます。

それにしても彼らは皆、なんと喜ばしげに歌うのでしょう！　そして彼らの歌は冬の辛さを何ひとつ物語ってはいないのです。

この度私の小さな詩集をドイツと日本の友人に捧げることができますのは嬉しいことです。昨年私は諫早市（長崎県）から第十三回伊東静雄賞奨励賞を受けました。この賞は詩集に対してではなくただ一篇の詩に対して与えられるもので広く公募されています。外国からも含めて千通近くの応募があります。

伊東静雄（一九〇六―一九五三）の生まれ故郷諫早は小ぢんまりとした古い美しい町で多くの文化的な活動も行っています。伊東静雄は国語国文学者であり、有名な日本の詩人です。彼はまたドイツ語もよくし、ドイツの詩を原文で読んでいました。

私は一九七七年の夏から一九七八年の春にかけて旧ソビエト連邦のモスクワ市で暮らしました。同じ住宅に当時ドイツ人の家族が住んでいました。おばあさまのアマンダ・ブリューニングハウスさんは親切でやさしい方でした。彼女は私にドイツの詩を読むことを教えてくれました。私はあの凍てついたモスクワでの読み方の時間を忘れることはできません。アマンダさんとドイツ語の詩を読んで以来私はドイツの詩と伊東静雄の詩との間に何がしかの類似性と調和しあうものを感じるようになりました。

今この賞が私にドイツに来るきっかけを下さり可能

性を開いて下さった訳です。私はこのことで賞を出して下さった諫早市に対して感謝の念を持つものです。私はドイツの詩についての講義を聴き、また直接にドイツ語で詩を書くことを試みています。大変興味深いすばらしい経験です。ひとつ予期していなかったことは自分のドイツ語の詩を日本語に翻訳するのが意外に難しいということです。それで私は厳密な意味で翻訳するということをあきらめて、そのかわりにそれぞれ同じテーマ同じモチーフでもうひとつ日本語の詩を作るということにしました。

　さて当然のことですが私自身のドイツ語でひとりでここに至ることはできませんでした。私はリューネブルク市民大学のドイツ語ドイツ文学者ラインヒルト・ツェンツ先生と私のモスクワ時代からの友人でアマンダさんの娘と義理の息子のハイジとレックス・レックスホイゼルに対しその貴重な助言に感謝を捧げます。また日本にいる私の家族に特に感謝いたします。

二〇〇四年四月五日

ドイツ　リューネブルク市にて

中山直子

水仙

列車が走る
走る　リラの夕暮
古い駅舎に　すべり込む

ホームに降りて
二三歩　行くと　ふいに
薄もやの中から

なつかしい人の影があらわれ
一本の黄金の水仙を

私に差し出し　迎えてくれる
その花は　夕やみの中で
ほのかに光った

その夜　私は目がさめた
誰かに　呼ばれたように
すると　斜めになった屋根窓の中に
星の水仙が　またたいていた
そして　ささやいた
「私が　おぼえていてあげる
あの美しい地の星を
おまえの辛い日のために」

三月四―六日　リューネブルク

ゲーテの『魔王』のこと

私が子供だった頃
それは戦争の後で
人々は皆　食糧さがしに
明け暮れていた
そんなある日　母は　どこかで
ザラ紙の絵本を　手に入れてくれた

最後のところに
ゲーテの『魔王』の訳が載っていて
ページの下の方には
黒い影絵の馬が疾走していた
覚えたばかりの平仮名で
私はその詩を全部読んだ

吹きつのる風　せまり来る嵐
馬に乗せられて走っていく子の胸の鼓動
魔王の叫び声
はじめて知った
見える世界と見えない世界の
境界であった

私の心の青い曠野を越えて
今もなお
影の馬が走って来る
私の詩を連れて

三月八―十日　リューネブルク

春の星

開け放たれた窓から
夕べ
シューベルトのソナタが
流れ出る　その底に
悲しみの石の重みを
隠しながら

二本ならんだ　樅の木の間に
明るい星が　あらわれる
アムゼル*（クロウタドリ）は
その歌をやめ
じっと静かに　枝にいる

三月十二日　リューネブルク

＊ *Turdus merula*（学名）、アムゼル（Amsel）：全身が黒色で、嘴と眼の周囲が黄色の体長二五cm位の鳥。フルートの音のような美しい声で鳴く。ツグミの一種。クロウタドリ。

三月の雪の踊り子

春の雪
ひとひら　ひとひら　踊っている
通りの上で　やわらかく
古い冬の風景に　ほうっと息をかけながら
すると　町が　ここかしこで
ほんの少し軽くなる

一台の二階建てバスが
たった一人のお客を乗せて
ゆっくりとやって来て
重々しく　町角を
まがって行く

三月十四日　ハンブルク―三月十七日　リューネブルク

乙女椿

私の祖父は村長でした
白いひげに
やさしい目をしていて　いつも
中庭に面した　紫檀の机に向かって
聖書を読んでいたのを覚えています
低い声で「ふむふむ　なるほど」と言ったり
「その通り！」と頷いたりしながら
何度も何度も赤鉛筆で線を引いていました

中庭には　乙女椿があって
艶のある緑の葉に　うす桃色の八重の
ばらのような花をつけました
私はその木が大好きでした
祖父は私に　好きなだけ
その花をとらせてくれるのでした

末の娘だった母は　ある日私に
どうして　おじいさんが
イエス・キリストを信じるようになったのか
話してくれました

それは内村鑑三の十九歳のお嬢さんの
葬儀の時のこと
父鑑三は悲しんではいませんでした
それどころか　出棺の時には
「ルツ子さん　ばんざい！」
と言って送ったのです
愛娘は今　天のみ国に凱旋したのだからと
おじいさんはその場に居合わせて
深く感動して　思いました
この信仰は　本物だと
それ以来　おじいさんは
イエス・キリストを信じ
生涯この方を離れませんでした

私の家の庭にも　乙女椿があります
小さな木ですが　毎年　うす桃色の
ばらのような花を　咲かせます

三月二十六日　リューネブルク

光のような花　アマンダに

ロマネスク様式の破風を持つ古いチャペルは
屋根のあたりまで木蔦に絡まれ
イチイの木と　向かい合って立つ
その間をぬけて　私たちは
静かな墓地に　入って行く

菩提樹の木々に縁どられた真直ぐな道
その中程の　井戸の近くに
親愛な人の安らっている場しょがある
私たちはその人のために
一箱の　黄色いパンジーの株を持って来た

かつて私が異国の町で　知らない言葉の中に
生きなければならなかった時
その人はいつも親切で　私に
やさしく　ほほえんでくれた
光のように　この花たちのように

黒い土に植えられた花の黄色は
午後の日差しに輝き
一羽のアムゼル（クロウタドリ）が
そこの灌木の中から出て来て
じっと　私を見つめる

三月二十七―三十日　リューネブルク

ハンブルクの戦争展

「あの展覧会に行くなら
辞書を持って行った方がいいわ

たくさん読まなければならないから」
人にそう教えられて
ハンブルクで開かれていた
『国防軍の犯罪』という展覧会に行った
(「国防軍」とはこの場合
　ナチス・ドイツ時代の軍隊のことである)
さまざまな資料やデータが展示してあり
大勢の人が来ていた
男性　女性　青年
年配者　先生に連れられた生徒たち
そして　私のような外国人
みんな熱心に読んでいる
弾圧について　人質の射殺について
強制労働について　集団虐殺について
それから　軍事郵便で差し出された
手紙の数々を

大学生の時ドイツ語の時間に
『スターリングラード*からの最後の手紙』
を読んだ
日本にも　戦場からの手紙を集めた
『きけ　わだつみの声』がある

ああ　多くの痛ましい手紙
恐ろしい記録の数々

今生きている人間が
これを読んでいるということ
ひとりひとりが　独立して
ひとりでこれを読んでいるということ
そして　自分自身の心に
よくよく思いをめぐらせているということ
このようなことが　働きあって
世界中の戦争を終らせる

ひとつの力と　なっていくのかもしれない

その日はことのほか寒く
アラレが降り
私は手袋を片方なくした

三月十日　ハンブルク―三月三十一日　リューネブルク

＊　ボルゴグラードの旧名。第二次世界大戦の激戦地。

小鳥の歌った歌

おお　春よ！
おお　光よ！
冬は冷たく　長かった
苦しく　悲しく
耐え難かった

しかし　私は　何ひとつ
傷つけられはしなかった

おお　春よ
おお　よろこびよ
今こそ冬に別れを告げ
あたたかく　生き生きと
伸び伸びと――
私は自らの翼をひろげ
高く　高く　飛んでいこう
そうして　天にいます
神をほめよう
「主は　私に　すべて
よくして下さった！」と

三月三十一日―四月二日　リューネブルク

明治学院詩集

『ヒュペリオンの丘』(二〇〇七年) 抄

序文

千葉茂美

明治学院は新しい詩歌の時代を告げた曙の丘である。明治学院第一期の卒業生島崎藤村は『藤村詩集』(合本)の冒頭で、

ついに新しき詩歌の時は来たりぬ
そはうつくしき曙のごとくなりき

とうたい、日本の近代詩の夜明けを告げ、藤村により新しい詩の時代が切り開かれ、学院から馬場孤蝶、戸川秋骨、十和田操、耕治人、佐々木邦などぞくぞくと詩人、文人が誕生していった。

中山さんは長年本学において哲学の講師としてお勤めくだされ、またご夫君は元明治学院学院長(第十代)でもあり、学院とは深い絆のあるお方である。先生は若い時から哲学の勉強のかたわら詩の世界にも没頭され、これまで多くの詩集を公にされている。最近はドイツ語と日本語を対比された詩集を出版し、一昨年は名誉ある「伊東静雄賞」を受賞され、ますます詩人としての深みをきわめご活躍中である。

このたび講義の合間をぬってキャンパス(白金、横浜)を心ゆくまでたずね歩かれ、学院の生活を風物詩風にまとめられていますが、よくよく読むと、学院の中に息づく生命が詩面いっぱいにあふれ心ゆさぶるのである。ゲーテは「詩はすべて機会詩でなければならない。つまり現実が詩に動機と材料を与え、現実に触発されたもののみが生きた詩となり、普遍性をもつ。私の詩はすべて機会詩である」と述べているが、中山さんの詩はゲーテのいう機会詩そのものである。

ここで題名のヒュペリオンについてひと言ふれておきたい。ヒュペリオンとはギリシア神話に登場する神で、太陽神ヘリオス、月の女神セレネ、曙の女神エオスの父

であり、あらゆるものに恵みと育みと希望を与える神である。時にはアポロンの別称で呼ばれ、予言と詩と音楽の神でもある。またドイツの詩人ヘルダーリンの書簡体の小説『ヒュペーリオン』では荒廃したドイツの現状を憂え、古代ギリシアを理想として美と愛と調和にみちた世界を地上に再現したいという願望からこの小説は書かれたといわれる。中山さんも金銭至上主義と効率主義のみが闊歩し人間性と愛が枯渇していく現代の世界に、明治学院の丘に大きな希望と新しい時代の夢を託し、予言の詩としてこの表題を選ばれたものかと思う。

　新しき時代は待てり
　もろともに遠く望みて
　雄々しかれ
　眼さめよ　起てよ
　畏るるなかれ
　太陽の恵みを慈しみ、愛と希望と光あふるるヒュペリオンの丘を共に築いていきたいと願うものである。

一本の木

チャペルのわきの　森の縁に
一本のミモザの木が植えられていて
春ごとに　金の花をつける

光に包まれ
針葉樹の香(にお)いに包まれて
ミモザはつつましく立っている

自分が　そんなに
金の木であることを
まるで知らないで

ヘボン像

ここから　全く海は見えないのに
ヘボン博士のお顔は
なぜか　海を見ているように見える

この像の前を通って
登下校する青年（わかもの）の姿は
いつも　この人の
まなざしの中にある

世界で一番富める国の
安逸な生活と高名な医師の地位を捨て
路上で刀を抜き
人を斬り殺すような国へ

はるかに　はるかに　海を越えて
なぜ　あなたは来たのですか

そんなにまでして
あなたが　ここに来た
その　あなたをつき動かして
いたものは　何ですか
そう問うていくと　私たちは
いつのまにか　何か人間以上の
大きな　あたたかな　力ある存在を
漠然と思いうかべている

　春　ヘボン像の肩に
しだれ桜が咲く

ムルという猫

「神がいるいないと問題にして
いないと証明したがるのは　即ち
神がいると　こまるから
心にやましいところが　あるから
ではないのですか?」
図書館脇の繁みの中から
おっとりと出て来た
オレンジ色の猫が　私にたずねた
「そんな　生意気なことをきく猫なら
名前をなのってからになさいよ」
と　言うと
猫は全く動ぜずに
右の前足でちょっとひげをなでてから

「私の名前はムルです（イッヒ ハイセ ムル）」[*1]
と　ドイツ語で返事をした
「なんて生意気なの!」
哲学の講義ノートを考えながら歩いていた私は
腹をたてた
猫はさらに落着きはらって
「でも　あなたのお持ちなのは
ホフマンの『牡猫ムルの人生観』ですよ
ヘーゲルの『精神現象学』じゃありませんよ」
と　言った
ふと手元を見ると　やはりそうだ
どうしてこんな間違いが起こったのだろう
この頃図書館はすっかりコンピューター化
した筈なのに
すると猫は　私の心を見すかしたかのように
「コンピューター（エタ カンピューテル）なんて（シトーリー?）　いつも（フセグダ）
てんで働かないんだから（オン サフセム ニェ ラボータエット）」[*2]

と　今度はロシア語で言って
そのまま二三言ののしった
それから　ハッと　前足で口をおさえて
「私としたことが……失礼致しました
　こんな悪い言葉を使うんじゃなかった」
と言いながら
急いで逃げて行った
まるで　何もかも　こんな機械を作る
人間さんの責任ですよ　とでも言いたげに

＊1　Ich heiße Murr.
＊2　Зто компьютер, что ли? Всегда он совсем не работает.

ヒュペリオンの丘

ヘルダーリン[*]は　人里離れた
古城を散策し　そこを
コリントの地に見立てて
あの明るいギリシアの詩を紡ぎ出した
と　読んだことがあるが
その地　ドイツに比べれば
我らの丘は　よほど南国にあり
ヒュペリオンを歩ませるにふさわしい
大学の正門から　なだらかな坂をたどると
丘の上の空はひたむきに青く
高いところにある木々は
下から見ると黒々として
月桂樹やオリーブを思わせる
あるかなきかの風にゆれる草の葉先も
肩よせあう野花も　蝶も　虫も
それらを縁どる鳥の声も
くっきりと　あざやかに
陽光の中に　位置をしめている

「ああ　人間は
　夢みるとき　神のひとりであり
　考えるとき　乞食(こじき)である」*

ヒュペリオン
燃えて太陽となるその名
「ヒュペリオンからベラルミンへ」
と書き出される
おびただしい友情の手紙
自然への愛
この世には根付かぬ花であった
少女ディオティマとかわす言葉
あの丘を見るたびに思う
コリントの地峡の高みに立って
魂をはばたかせたヒュペリオンのこと
そしてこの小暗い暴虐の地のはるか上に
澄みわたる空のあるということ！

＊ヘルダーリン『ヒュペーリオン』第一部第一の巻（手塚富雄訳）
Johann Christian Friedrich Hölderlin（一七七〇―一八四三）

チャペルに響くバッハ

この頃　あそこのチャペルで
よい音楽をするという　うわさが立ち
死者たちとみつかいたちが
演奏会の日には集まって
垂木の見える天井に渡された
数本の梁の上に
大勢ですわるようになった
勿論私もあの人たちといっしょに
横木にすわって　足をぶらぶらさせたり

肩を組んだり
もたれあったりしながら
バッハを聞いてみたいが
残念なことに　まだ身体があるので
そんなことはできない
演奏者たちは　何も知らずに演奏しているが
横木の上の聴衆はふえるばかりで
時々落ちる人もいるが
落ちてもその場に居て
平気で聞きほれている
横木の聴衆たちは　こうして
何も気づかずにいるが
彼らが聞いている　ということで
演奏に　思わず知らず　時の外の艶と
奥ゆきがあらわれているようだ

そして　一番何も気がつかないでいるのは
固い椅子に座って
きまじめに耳をかたむけている
生きた人たちだ

「遠望ばし」の空

「遠望ばし」の空は広く
たいていの時　富士が見える
そこを行き来すると
何かの力が
「ごらん
　上をごらん」と言う
すると　私の出会った
あらゆるよいものが
思い出される

そして　高い天から
おりて来る　双の手が
目の中に浮かぶ

「遠望ばし」の空を
澄んだ夕暮れに
鳥たちが　わたって行く

試験監督

緊張した顔　顔　顔が並ぶ
夕べは眠らずに勉強して来たのだろう
しかし　若い日には
そんな幾夜かがあってもいいし　あるべきだ
「携帯電話の電源を切って下さい
　学生証を机上に……」

と受験心得を読みあげると
「学生証　忘れました」と顔色を変えて
教務課に走って行く者がいる
(仮学生証をもらって呈示する規則だ)
あんなに急いで
途中で具合が悪くなったりしたら
と　急に心配になる

皆　頭をかたむけて
一生懸命に書いている　静かだ
ふと　もしこの人たちを
戦場に送り出さなければ
ならなかったりしたら――
という酷薄な思いが胸を過る
それは　もう　たまらないことだろう
必ず　長く生きて
それぞれの人生の実りを

自分たちの手で刈り取ってほしい

しばらくして
「受験票の記入を……」
と　うながしても
答案に夢中になっていて
小さく軽いそれは　しばしば風に舞う
注意深く　数えなおしてみるが
どうしても一枚足りない
答案を集めながら　そう告げると
背の高いよく日焼けした学生が
「先生　おれのが　飛んだか知れねぇ」
と名乗り出た
「では　皆さん　気をつけて帰って下さい
　よい夏休みを
　病気や怪我をしないように」
と言うと
ほがらかに笑って
「先生も　元気でね――」
などと言いながら　嬉しそうに
連れ立って帰って行く

チャペルの壁穴

炎のような東京の八月
そして十五日　蟬の声
白金校地の正門を入って少し行くと左手
チャペル南東の外壁に
まるい取手のある
チョコレート色の扉があり
地上からはかなり高く
鉄の梯子がかけてある
そこが一九三六年から

四五年の敗戦まで
御真影（天皇の写真）を
入れていた空間だと知る人は少ない
三六年当時
文部省に御真影を奉戴に行かれたのは
ウィリス・ホキエ学院長であったが
彼らはそれを外国人の手に渡さず
随行の人に渡したという
それからまもなく　私たちは
外国の人たちを鬼畜と呼ぶようになった

人を鬼畜と見なす心は
それ自身が鬼でありけものであり
それが戦争をひきおこすのではないか
戦争は即ち　私自身の心の
内側から出るのではないか
八月十五日
火が降って来る　蟬の声

記念館

かつて事情があってこの学園に
学ぶことができなかったと
うちあけて下さった詩人がいた
牧師の父を天に送り　進学を断念して
家族を支えたその人の
眼鏡の奥の目の光またやさしさよ

ネオゴシック様式のアーチと
チョコレート色の両扉をぬけると
玄関ホールからすぐに　木の階段がある
手すりを支える柱は四角く太く
根元のところに竪琴の彫刻がある

神を誉め讃えるという気持なのだろう
ある日数人の人に
あそこに竪琴が彫ってあるでしょう
と話すと
気づいていた人はいなかった

もしあの詩人が　この学園に来られて
島崎藤村もそこで本を読んだという
二階の部屋に行ったり
古いアメリカ製のオルガンの置かれた
ほの暗い小チャペルに入ったりされていたら
この彫刻に気づかれただろうか

その人は　今は天国で
イエス・キリストにまみえて労をねぎらわれ
ヘボン先生にも会って
私はあなたの学校に行きたかったのですが

ここでお目にかかれました　と話したり
あの階段の竪琴とそっくりの
小さい竪琴を手にした天使たちを
見たりしておられるのだろう

ここからは海も見えず
空も少ししか見えないけれど
むなしく高さを加え続ける高層建築の間で
瞳のように
泉のように
ほっかりと　いとしい場しょよ　記念館

韓国語日本語対訳中山直子詩選集
『美しい夢』（二〇一一年）抄

焼跡の靴匠

私があなたを身籠っていたとき
満天の星の下　一面の焼野原を
彷徨っていた　影のように
朧ろに　ほかにも人がいて　遠く
紫の果てに　薄明が暮れなずんでいる
そこに　一軒のくずおれそうな馬小屋に
黙って人々は向かって行き
列をなして待っている
靴を作ってもらっているのだ
靴匠は瘠せてしっかりとした骨格の
もつれた黒髪の男で
逞しい腕には　汗が光っていた
番が来たとき　私は頼んだ
「息子の靴を　作ってください
　赤ちゃん用の　やわらかな靴ですよ。」
靴匠は目を　あげた　おお　そのまなざしの
目くるめく　深さ　広さ　やさしさよ
暁の　果実のような　その声よ

「あなたの赤ちゃんは
　やわらかい靴をはいてはいけないのです」
そして　渡された　夢の中でさえ
ずしりと重い　その靴よ

しかし　あなたの足は　いつしか
そんな心配を　越えて育ち
焼跡で靴匠に会ったことすら

愚かにも私は忘れていた
ああ　あの広大な焼野のそちこちで
どんな靴をもはくことなく
宙に舞い出た小さな足よ

あなたは今　詩人ではなく
数学者になって
小柄な妻と　幼な子を連れて
時折やって来る　乳母車の屋根に
解きかけの問題を乗せ
自ら　はきこなした　固い靴をはいて

ドイツ ロマン派の雲

今朝　ヒヤシンス色の雲が
西方から門口に訪ねて来た
あたりには　花の香りがたち込めた
「イースター　おめでとうございます」
雲は礼儀正しく　ドイツ訛りの日本語で言った
「ありがとう　あなたにも……
　どうぞ　おはいりください」
と言うと　いそいそと家にはいってきた。
「どこかでお目にかかったと思いますが」
聞けば　どうも　ドイツ・ロマン派の絵の中から
　ぬけ出して来たらしい
「お帰りにならなくて　よいのですか」
と問うと
「大丈夫です　あちらは　唯今　深夜ですから」
とすましている
話すうちに　日本の花霞さんと
友達になりたくて来たらしい　とわかった
残念ながら　今年の花はまだ咲いていない
しかし雲は機嫌よく　しばらく座って話をした

……真に生命がやどるのは個々の実在です
感情とか愛とか　そういうものを
もっと丁寧に　大切に扱わねばなりません
全体主義は大きな誤りです
野の百合　空の鳥と言うではありませんか
今日ありて明日爐(ろ)に投げ入れらるる野の草をも
神はかく装い給へば*……
それから雲は
「またお会いしましょう」
と挨拶して　午前中のうちに帰った
花霞の頃　あの雲が来たら
いっしょに花見をするのが楽しみだ

＊　マタイ伝福音書六章二六―三〇節

カチ（かささぎ）との出会い

早春のソウルの並木道を歩いていると
「こっち見て　こっち見て　こっち見てよ」
と呼ばれた
「そっち見た　そっち見た　あなたは誰？」
と見まわすと　街路樹の上に
逆円錐形の巣があり
そこにカチが一羽とまって鳴いていた
「カチさん　こんにちは　ごきげんいかが
　私は日本から来たのよ」
「ようこそ　ようこそ　よく来たね
　すぐに帰るんじゃなかろうね」
私は　明日には帰ろうとしていたので
内心　びくっとした

「帰りたくないけれど
　ちょっと　忙しいから……」
と言うと　カチは　あきれたように言った。
「人間て　忙しいんだねえ
　何がそんなに忙しいの
　聖書に『大切なことはただ一つ』って
　書いてあるでしょうが……」
カチに教えられた
何か　とても嬉しくなった
そのとき　カチの連れ合いがもどって来て
巣の縁で黙ってこちらを見た
あの巣の中に
ひながいるのだろうか
まだ寒いから　卵かもしれない
すると　復活節頃には　かえるだろうか
私はカチに「さよなら」を言った
カチよ　大切なことは　ただ一つだったね！

美しい夢

（二〇一〇年二月二十六日　ソウル）

遠い木の上で呼ぶ　小鳥のような声で
おばあさんは言った
花のある　明るい朝の食卓だった
「私は夕べ美しい夢を見たよ
国境が全部とり払われていて
人も車も　みいんな
たくさん　たくさん
自由に行ったり来たりしているのさ……
ああ　ほんとうに　いい夢だったよ」
時々　遠くを見るような目をしながら
決して昔の話をしなかったおばあさん
何かたずねても　簡単に

「つらい時代でしたよ」
としか言わなかったおばあさん
（おばあさんは夫を戦争で亡くしている）

エルベには今　黒いアーチ型の橋が
影のように残されて　河の半ばでと切れ
ベルリン市には「壁」がある
地図の上に赤いすじをつけたのは誰だ
ごらん　国境の上には
もともと何もないのだ
（高い空の上から見る　緑の地球の映像を
　ある時　私は　見たことがある）

そして　ある晴れわたった秋の朝に
――その日の空は　これ以上は
ないというほどに　青かったが――
突然おばあさんは天国に行った

今　おばあさんは　おだやかに
国境のないひとつの国にいて
時々　国境のない緑の地球を
見おろしておられるに違いない

（注）それから一年三ヶ月後の八九年十一月九日、壁は事
実上なくなった。

横浜海岸教会の鐘

教会の鐘は澄んでいた
それが　一八七五年に
メリー・プライン夫人から寄贈されて以来
日曜日の空に響きわたって来たことを
その頃は知らなかったが
大勢の日曜学校の子供たちが
徒歩で　あるいは八番の市電に乗って

笑いさざめいて帰って行く間
鐘はほがらかに鳴り続けていた

鐘は青年たちが交替で撞いた
人が会堂に満ちた頃
ふっと鐘の音が途絶えると
奏楽がはじまった　その呼吸を
子供心にもいつも見事だと思った

礼拝の間　時々遊びに出る私は
鐘撞き堂に上がってはいけないと
きつく言われていた
ある時遊ぶ人がいなかったので
私は鐘撞き堂への階段を登りはじめた
（それは受付のうしろの部屋にあった）

ひとつ目の階段を登ると
こぢんまりした部屋に出た
少人数で祈れるような部屋
そこから　また階段があって
さらに小さな部屋とも言えないような
小部屋に出たが　あるのは
窓と　ふるびたレースの服を着て
椅子に乗せられた　大きな人形だけだった
驚いて　みつめるうちに　胸の底から
わなわなと　恐ろしさが　込み上げて来て
私は　静かに向きを変え
ほの暗い礼拝堂にのがれて
祈る母の側らに　すべりこんだ

光あれ

――天地創造

神さま　あなたがいらっしゃらなかったら
私は　どぶ泥の中の無でした
あなたが「光あれ！」と
おっしゃらなかったら　私には
何のよろこびも無かったのです

「光あれ！」
その声は　どんな存在よりも　みずみずしく
つよく　また　やわらかな言葉そのもの
であり　すると　ただちに
ガラスの海のような　プリズムを貫いて
ひとすじの光が落下していった

無限の色と形とを　生み出しながら
さざ波のように時間を生み
ありとある　よきものを生み出しながら
底へ――あなたの悲嘆の底
荒々しく　固く　冷たい場所に
あなたの悲しみ　あなたの愛　この
とらえがたく悶えて旋回する二本の材を
遮二無二くくりあわせて
一基の十字架が息づいていた

あなたが　かえりみて下さらなかったら
私は墓の中で　ばらばらに腐っていました
しかし　底の底まで　照らされて
言葉といのちをいただいた者の魂は
あなたの足もとにすわって　世界を見
あなたに　ほめうたを歌います

地図

かすかに日焼けした温顔の
韓国の詩人に東京で会った
失われた故郷をうたう人であった
まるい金の輪が静かに閉じて
それをとり囲むような　その追憶にひかれ
私の口をついて出た　拙い言葉
「あなたは　子供の頃
　どこに住んでいたのですか」

「ああ」詩人は微笑した――しかし　その
故郷の名を　私は聞きとれなかった
そのことの何という寂しい暗黒
が　それは一瞬のこと
私の手にしていたノートをさし招き
その人はさらさらと文字を書きつけて
日本語で読まれた　私にもわかるように
「平安北道の宣川
　私の故郷です」

家に帰って地図を開いた
平安北道の宣川は　海沿いの町であった
西側が海　私のいた町と同じだ
詩人は　幼い頃
海に沈む夕陽を見られたことだろう　そして
北側に　アムノック川（鴨緑江）が流れ
私たちの国と違って　そこに国境がある
八月十五日　ある人が以前話していた
何はともあれ
戦争が終って　ほっとした
逃げまどうことも　なくなった　と

しかし　あの詩人は　そのあと
何百キロとなく　故郷を捨てて　南へ南へと
逃げなければならなかった
（キリスト者家族であったが故にと聞いた）
それは　どんなに大変なことだったろう

私は　故郷を離れて逃げることはなかった
私は　今は富む国に属する者となった
私は　そのことで負い目を感じています
しかし　すぐにもすべてを捨てて
はだしで出て行くこともできない
私の感じるこの負い目を
朝も夕も告白し続けていくなら
いつか　詩人の故郷を
多少なりとも
取りもどすことができるのだとしたら
それは　天国を中継地として　私の
故郷でもあることになろうに！

枯葉のうた

雨にぬれた初冬の通学路に
黄いろの葉がひとつ　横たわって
こちらを見ていた

「おはよう　今朝　あなたは
とてもきれい　でも　すぐに
お別れしないといけないのね」

「そんなに　がっかりすることはないの
先に行って　待っているだけよ
『おお　君にどうしても
思い出してもらいたいものだ……』」

落ち葉は　フランス語のシャンソンを
一節歌った――「枯葉」だ
「それ　知っているわ　時々聞いているもの
彼　襖張りの仕事しながら覚えたんですって
歌ってって頼むのよ　私　好きなの
そのう……フランス語は下手ですけれどね」
「あら　あの方のフランス語はお上手よ
私　本人なのでわかるのよ
うれしかったわ　最期に
枯葉のうたを好きな人にお会いできて……
では　さようなら
Adieu（アディウー）――永のお別れ　とは言
　わないわ
Au revoir（オ・ルヴワール）――また会いま
　しょう……」

私は確信することができる
愛らしい木の葉との再会を　時の外の
水晶のような川のほとりの　数え切れない木々の
数え切れない葉の中の　ただ一枚が私を見分け
笑いかけて　もう一度
今日の「枯葉」を歌ってくれるだろう

石ころ

石ころをふんだら　ザックザックと　音がした
驚いて「ごめんね　痛かった」と言うと
「大丈夫　ぼくは強いから」と答えた
うれしくなって「返事してくれて　ありがとう」
と挨拶すると　石もよろこんで
「きょうは　ちょっと
　声を出す練習なの

主イエスさまがいらっしゃるとき
ぼくたち　みんなで
合唱するから」
ああ　元気できれいな小石たち
そのときには　わたしも
声を限りに歌いたい！

後記

海を越えて来た喜ばしい便り

李相宝（イサンボ）

日本の文友であり信仰の道の友でもある　クリスチャン姉妹から　書状と共に送られて来た〈諫早文化〉三三号（二〇〇三年一月）に掲載された彼女の伊東静雄賞受賞作品を　そのまま　翻訳すると次の通りである。

ガラスの中の花

病院の入口に
花かごの自動販売機がある
飾るばかりにアレンジされた見舞用の花が
ゆっくりと　蛍光灯の光の中を回転している

厳寒のモスクワで
花を大きなガラスの箱に入れ
凍らないように　両脇にろうそくを灯して
売っているのを見たことがある

北国の暮は早く　ほとんど昼のない場所で
人々は藍色の闇を行きかい
処々で　やわらかな炎に照らし出されている
ガラスの中の花は　異様に美しかった

厚手のスカーフにくるまり　綿入れの上着に
黒いフェルトの長靴で足踏みしている女性や
毛皮帽を目深にかぶった男性が
凍てついた街路に花を売るのは

お客に行く時には　必ず花を贈る
当地の習慣があるためだろう　実際
貴重な冬の花をささげ持ち　よろこばしげに
暗い道を進む人を　よく見かけた

今　病院の入口の花たちも　熱心に
待ちのぞんでいる
病む誰かを　訪れようと　ガラスの中から
すべり出しそうにして

この作品を審査された伊藤桂一先生は　選評で「実に良く洗練された詩語、しかも　天性の気品を持つ静かな文脈によって　厳寒のモスクワの花売りの人たちと　花好きの人たちの行き交う風景が　活写されている。モスクワとはこんなにすばらしい町なのかと思ってしまう。」とした。

韓国と日本のクリスチャン文学家達が主の愛の中で交歓し　信仰の文学でもって交際して来たのもすでに十余年になった。日本側の高堂要会長が一昨年日本演劇人達を連れて　ソウルを訪ねて来て　東崇洞の文藝大劇場で「ああ　提岩里よ」を公演した時の感激は　非常に大きなものだった。しかし　彼が　昨年　持病で帰天なさって　韓日両国の会員達がどんなに哀惜したかわからない。国籍を越えて過去の愛憎を濾過させる事が出来たのは　相互に　主に在って悔い改め容恕して　和解を祈願したので成就された愛の果実だった。

その意味で　今度　中山姉妹がクリスチャン詩人として第十三回伊東静雄賞奨励賞を受賞した事を敢えて喜ばずにいられるものだろうか？　重ねて拍手を送り

この詩を創造文藝の読者達にも愛誦して下さる様願う心で此処に紹介する。

（韓国「創造文藝」二〇〇三年五月号）

詩集『雲に乗った午後』（二〇一二年）抄

第Ⅰ章　雲に乗った午後

氷雨

氷雨よ
おまえは　なんと　まっすぐに
冷たく　正直に
ふるのだろう

氷雨よ
はるかな鈍いろの情感から
無心に　せつせつと
くだる

音なく　暗く
ただ　しんしんと
冷える日

けれど　氷雨よ
いまこそ　わたしの
生きねばならぬ時

雪を食む鳩　母の姿

雪晴れの朝
広い寂しい十字路で
鳩が　雪を　食んでいる
――ぽっぽろう　くっくう

真白き天の食物を　ついばむ鳩の
目はまるく　動く胸のあたりは
虹いろに　光る
足は　くれない

「鳩さん　雪は　おいしいの」
ふと耳もとで　亡き母の
笑みを含んだ声がする
いつのまにか　赤い長靴をはいて
私は母に　寄りそっている
――ぽっぽろう　くっくう　ぽっぽろう

気がつくと　道の真中に　母がいる
半白の髷をかたむけ
灰いろのショールを肩に　行きなやむ
信号が赤に変わった
止まっていた車が

いらいらと　動き出そうとする
「おかあさん！」
思わず駆け寄り　手を取ると
「ありがとう」と　見知らぬ人は
しっかりと　私の腕に　すがり来る

ぽっぽろう　くっくう　ゆっくりと
ふたりで道を　渡って行けば
その人の　思いがけない手のぬくみよ
冷たい私の指先を
そっと包んでくださった

シベリアの原野の白鳥

ひとりの詩人を失って
取り残された気持を抱えて
風に揺れる飛行機に乗ると
巨大な白鳥の羽を見た
垂直に　天にむかって　すっと立つ
それを挟んで　翼ある雲が二つ　飛んでいる

以前ロシアで暮らしていた時
シベリアの白鳥のことを話してくれた人がいる
工場では黄金の腕と呼ばれる実直な労働者で
逝ってしまった詩人と　似たところがあった
「ああ　お前さんは詩人なのか——では
シベリアの白鳥を知っているかね
この辺の白鳥とは　まるで違って
自然のままに　美しく
荒々しく　激しく　そうだ　心がある
若い頃のことだが　原野を旅していて
どうにもこうにも　仕方がなくなって

番いの白鳥の一羽を撃って食べたことがある
すると残された方の一羽が
さんざん探しまわった揚句
（ああ　一晩中
悲痛な声で呼んでいたよ）
連れ合いがいないのを悟った朝
高く　高く　高く　高く
翼を張って上がった　そして
まっさかさまに　翼をたたんで
——落ちて　死んだ……」

白鳥の羽は　ゆっくりと位置を変え
上へ　上へ　と階梯となって伸びた
落ちれば　落ちるほど　ますます
高みに向かう白鳥よ　詩人の魂よ
行く手に　うるんだ湖のような
遠い雲の切れ目が　ある

玉葱を買いに行ったら　かごの中に詩が

二〇〇八年　年頭の夜明け
詩が　私のところに　やって来た
「赤ずきん」の着ていたようなフードつきのマント
しかし色は臙脂色のを着て　片手に銀の笛を持ち
青っぽい毛並みの狼に　平気で乗っている
私が狼を見ていると
「これはおとなしい狼なのです　ご先祖は
聖フランチェスコさまにゆるされて　もう
人を襲わないと約束したあの狼なので……」
と言う　そして

「さあ　私の言うことを書きとってくださいね」
「今　ちょっと風邪で熱があるので」
と　ことわると
「どうして　書いてくださらないの　ダンテさん
も
リルケさんも　アンナ・アフマートワさんも
すぐに　喜んで書いたのに」
「そりゃあ　ダンテさんたちは　私と違って
喉が丈夫だったのだから」
と答えると　程なく納得して　狼に乗って帰った

数日後　熱がさがったので　スープを作ろうと
玉葱を買いに行った　帰り道　ふと
かごの中を見ると　小さな女の子が
玉葱の横で　ひざをかかえてゆれている
元日に訪ねて来た詩だ　「どうしたの」
と問うと　「うーん」と首をかしげてこまってい
る
「さあ　今なら　書きとってあげましょう」
私はかごを道端におろして　かがみこんだ
「うーん」まだ言葉が出て来ない
「自分が詩なのだから　自分から展開しなくちゃ」
「てんかいって　こう　くるくるっと？」
それは違うと言う間もなく　にっこりして
大いそぎで　くるくるっと　とんぼがえりをした
そうして　この詩が　できた

雲に乗った午後

一日中強い風が吹き荒れた日
午後になって　どこからか
きれいな雲たちが　流れて来た

雲たちは互いに　楽しそうに
色々な色に輝きながら　話しあっていたが
そのうち　見上げている私に気づくと
「いかがですか
こちらに来ませんか」
と呼んだ　と思うまもなく
私は雲の上に　いて
雲は雲の笑い方で　私に笑いかけた

その時私は　あわてて登って来たので
上着と靴が　道に残されてしまった
見ていると　スズメたちが
持ちあげられもしない　靴と上着を
大勢で　私のところに持って来てくれようと
苦心していた　スズメたちは　私の
翼と足がとれたのだと思って
もう　大変だ！　と驚いているらしい

「雲さん　せっかくお呼ばれしましたが
悪いけれど帰ります」
「この次は　上着と靴を
持っておいでなさいよ
来てから　脱ぎなさるとよいですよ」

私は　また　ふわりと下におりて
上着と靴を拾った
たったそれだけの訪問だったが
スズメのように　雲のように
軽やかな気持になった

ぎざ耳りんごうさぎ

朝の食卓の胡瓜とトマトのかげに
何か妙なかたちの
赤いものがあった
よく見ると　二枚の
ぎざぎざの皮をつけた　りんごの四半分
「これは　うさぎなの」
と聞くと　夫は少し笑った

幼い時　母が
りんごをうさぎの形に
剝いてくれたのが　嬉しかった
と話したことがあった
平凡なりんごも
とても　おいしくなった　と

母の作ってくれたりんごうさぎは
すいっと　細く上手に切った耳が
わずかに持ち上がっていた
夫の作ってくれた　りんごうさぎの耳は
ぎざぎざで　ひょろひょろで
へろっとねている

それでも　りんごは
不思議とおいしい
幼ない日の味がした

私は　母の
笑う声を聞いたように思った

別れ道

横浜駅西口の雑踏にもまれていた
そのモノクロームの波の中から
あっ　バンビ――
明るいレモン色のシャツを着た男の子が
とび出して叫んだ
「おかあさん
ぼく階段から行くからね！」

エスカレーターに向かう女性に手をふると
大まわりをして
懸命に　階段をかけ上がっている
ここは大都会の真中のはずなのに
子どもの行く道には　緑の草が生え
笹ゆりの花もゆれている

幼ない日　母とたどった野の道よ
二つに分かれ　しばらくしてまた会うところ
「おかあさん
わたしこっちの道から行くからね」
母の姿は見えているし
また出会うのはわかっているのに
しばしの間のひとり旅は
きゅっと口を結んで真剣だった

「おかあさん
わたしこっちの道から行くからね」
亡くなって久しい母を小声で呼んでみる
「おかあさん　どこにいるの」
ゆるやかな風が吹き
やわらかな草の葉先がふるえると

ほたるぶくろの花がうなずき　思いがけなく
うしろで母の声がする
「何をしているの　直子　ここよ」

父の写真とロシアの鐘

古い写真がある　夫の父が
大学のガウンをまとい　房のついた角帽を被って
明るい日ざしの中で微笑している
プリンストン大学の構内という
父は海軍から派遣されてそこで学んだ
言葉をかわしたことはなかったが
アインシュタイン博士と行きあったこともあった
以前しばらくロシア（旧ソ連邦）で暮して　もど
　った時
空港に出迎えてくださった父が
急にロシア語で話しかけたので驚いたことがある
自学自習にしては見事なロシア語だった
私たちが出発してから　独習書を買って
勉強してくださったとのこと——
よろこぶ子供たちの顔を見て　父も嬉しそうに笑
　った

モスクワのダニーロフ修道院は　ソビエト時代
一九三〇年に閉鎖となったが
ペレストロイカの頃に再開され　私たちは何度か
門の近くの鐘楼の鐘を聞いた
いくつもの音いろの違う鐘が
高く　ひくく　高く　ひくく　入り乱れているよ
　うで
しかし声をあわせて　呼びあいながら鳴り
あとからあとから　はなやかに　天に駆けのぼる

そのダニーロフのもとの鐘たちが
実はアメリカに渡っていて
ハーバード大学の鐘楼で鳴り続けていたが
この程返還されることになったという話を聞いた
当時ある実業家が　くず青銅の値で買い取り
大学に　寄贈していたのだ
ダニーロフからは新しい複製の鐘を贈ることにな
り
大きいもので十三トンある十八個の鐘は
一年がかりでロシアに帰って来るらしい

父があの写真に写った頃に
ロシアの鐘がアメリカにあったというのは
心ひかれる出来事だ　一度位　その大学を訪ねて
モスクワの鐘を耳にされなかっただろうか
あの　高く　ひくく　連なって　天にのぼってい
く
はればれとした笑いのような　ロシアの鐘よ
古い写真の中　卒業する父のほほえみ　また
孫のためにロシア語をならった時の笑顔
そして晩年　自ら将軍であることをやめて
キリスト・イエスの一兵卒となった日の明澄な笑
みよ

第Ⅲ章　びわの木と海

死の陰の谷
――北ドイツの古きハンザの町にてうたう

「直子　この日本語に
ドイツ語で発音転写してくれませんか」

友人に頼まれた　それは例えば　イディシュ
と呼ばれる　東欧で暮すユダヤ人たちの言語の
ヘブライ文字をドイツ文字に書きなおすような時
に
使う言葉で　日本風に言えば仮名を振ること
お安いご用なので　さっさとやり終えた
詩篇の二十三篇だ

「それから　どの言葉がどのドイツ語にあたるか
書いてください」
これは少しむずかしい
「いいですよ　聖書を見せてくだされればできます」
「『主は(シュワ)わ(ワ)が(ガ)牧者な(ボクシャナ)り(リ)……』日本語では
どれが『主』なのですか　これですか
この言葉の文法上の性は何ですか
定冠詞　不定冠詞はどちらを使いますか」
「日本語に性はありません
冠詞もありません
しばしば主語もありません」
「ふーむ　そうですか　それでは……」
隣り合ってすわりながら　ドイツ文字を振った
日本語の下に　ドイツ語をつけていった
『主はわが牧者なり
われ乏しきことあらじ
主は我をみどりの野に臥(ふ)させ
憩いの汀(みぎわ)にともないたもう
主はわが魂を生かし
み名の故をもて我を
正しき道に導きたもう』
途中まではよかったが　合わないところに来た
『たとい我　死の陰の谷を歩むとも
わざわいを恐れじ
汝　我とともにいませばなり……』
「これが『死』で　ここが『陰』　ここが『谷』で

す
『の』は属格を表します」
「日本語の聖書はそうなっているのですか
ルター訳は単に『暗黒の谷』なのですが」
なるほどラテン語系の言葉だが
「死の陰の」ではなく
「暗黒の」（あるいは「闇の」）と訳されている
調べてみよう　後でヘブライ語原文を
見ておくよ　と言うことになったが
聞くのを忘れて　そのまま帰って来た
今朝　大きな聖書を見ていて　ふと注が目に入った
——ヘブライ語ツァルマヴェトは「闇」を意味する
七十人訳ギリシア語聖書で「死の陰」と訳された
恐らく死の危険が迫っている状態を表すのであろう
なるほど　そうだったのか
では　日本語聖書の訳者たちの心には
「闇の谷」より「死の陰の谷」の方が
しっくりとしたのだろうか　主な日本語訳は
四つともそう訳されている（さらに言えば
中国語の聖書では「死蔭的幽谷」である）
「死の陰の谷」とはどこなのだろう
そこは全くの「暗黒」なのだろうか
死の危険の迫って来る場所なのか
ヘブライ語では「死の陰」の語感を　ただ
「闇」一言で表現できているのだろうか
暗黒は即ち「死」の領域なのか……
私がドイツに居て詩篇に仮名を振っていた頃
まだ八月だったのに急に寒くなり

セーターと上着を借りて着ていた　そして
あなたが来る前の晩までは　暑くて
外で眠れる位だったのに　などと言われていた

＊　詩篇の引用は「讃美歌」（一九五四年）の交読文に倣い、現代仮名遣いにあらためた。

牛の瞳

かっきりと大きく見開かれた
澄んだ瞳の牝牛が
牛舎の柵のそばまで来て
不思議そうに　私の顔をじっと見る
「よしよし」と言いながら
柵からはみ出した秣（まぐさ）を
向こうに押しやる
もそもそと長い舌で巻きとって
少し食べる
また　見ている

「こいつ　興味津津なんですよ」
ニーダー・ザクセンの牛飼いが言う
朝焼けいろをしたエリカの咲く
荒地の近く
「さよなら」と言っても
まだ　見ている

夜明け

やすらかな
風のない夜明け

すっくりと伸びた
杜松（ねず）の木の頂に
鳥が来て
東の空を見ている
いつまでも

それは過ぎゆく時の中の
小さな永遠の　記憶

光とカラス

Ⅰ

朝　止まっている
カラスが　電線に
みんな　うしろ向きだ

「おはよう」と言っても
ふり向こうともしない
なぜ　うしろ向きに
そうだ　カラスは　今
光に向かっているところなのだ
りこうなカラス
カラスと一緒に
光の方に首を伸ばして
「おはよう」と言う

Ⅱ

カオ　カオ　カオ
嶺のカラスの持って行く
止むに止まれぬ密告書
神さま　この頃　人間は

あなたの　み手のわざを見ず
自分の作った物ばかり
感心しながら見ています
カオ　カオ　カオ

Ⅲ

高い空
大きな黒々としたカラスが
何か白く光るもの
まるい白いものをくわえて
ぐいぐいぐいと　飛んでいく
毛すじほどの
飛翔の跡も残さずに

隣席

「明日は　あの三月十一日から　三箇月ですね」
と教室で話した　ほんとうは二箇月だった
でも話している時は　三箇月たったと思っていた
少女たちは「違います」とも言わずに聞いていた
その時は　それだけ長い時が過ぎたと思えたのだ

あの地震と津波の日　夜遅く
遠い外国の友人から　電話がかかって来た
TVを見ながら　かけているらしかった
私たちの安否を確かめたあと
「車が流されていく」と何度も叫んだ
どうすることもできなかった
「家にはTVがありませんから」

と　どうしようもない返事をした

ぎりぎりまで問題を解いてから
昼休みのチャペル礼拝に行った
大震災で開始の遅れた新学期　参加者が多く
聖書と讃美歌が人数分そろわないので
係の人がその日の処だけ印刷して入口で配ってい
　る

空いている席があったので　小声で
「ここ　よろしいですか」と問うと　偶然
私のクラスの少女が二人いて　笑顔で頷いた

「思ってるだけで　何もできない自分がくやしい」
ある学生が　そう話してくれたが　私も同じだ
そして　隣席の二人も　チャペルを埋めつくして
　いる
学生たちも　そんな気持で
何かを求めて　ここに来ているのだろう
いっしょに讃美歌をうたい　詩篇を読みかわす
遠くても近くても　同じ時の中にいるだけで
人は人生の隣席同士なのかもしれない
「何もできない」でも
「思ってるだけ」のことがあっても
隣りの席の人　なのだ

根は同じものか
―暗号兵の問い―

「私は暗号兵でしたからねぇ」
高齢の父が言っていた　聞けば
数字を覚えて繰り返す問題に
十数桁まで答えて
健康状態を見に訪ねて来られた

ケアマネジャーさんをあきれさせたらしい
乱数表と赤い水筒を携えた暗号兵
水筒の中にはガソリンが入っている
まさかの時乱数表を焼き捨てるためであった

父は少年の頃大震災にもあっている
廃墟と化した横浜の町を横切り
ある食品工場に　家族のために　バケツ一杯の
もろみをもらいに行ったことがあった
「私は関東大震災を経験していますから
これ位のことは大丈夫です」
と言ったと　近くに住む弟が知らせて来た
父の居るシニア・ハウスは壊れこそしなかったが
かなりの揺れだったようだし停電もした

その父が疲れたと言う　それも重い疲れだ
わからないことがあるからだ

地震ならわかる　津波であってもわかる
ああ　本当に大変なことが　どんな風に
辛く悲しいことが起っているのかと
思いやることができる　それなのに
原発事故とは　原子力とは　何なのか
「つまり　核エネルギーということで……」
自分でもよくわかっていないのに　頭の知識で
しくみを説明する
「すると　あの原子爆弾と
根は同じものかね」
(確かに根は同じだ……)
「そんな危ないものを　どうして作ったのかねぇ
しかも安全だと言っていたんだろう?」
父が最後に暗号を解いたのは　満州の地の
と或る丘のような処で　八月十五日
戦争は終った　という知らせだった

しかし　そのたった一週間前には
広島に　長崎に　落とされた
新型爆弾というものがあったのだ
父の受け取ることのなかったその知らせが
今も解けない暗号として
日本の空を　おおっている――根は同じ……

がれきの中の小さな靴

目をおおわずには　いられないような
三月十一日十四時四十六分　二〇一一年
東日本大震災の
津波に襲われた三陸の町の
何が何だかわからなくなっているがれきの中に
小さな靴が片方残されていた
それを見たとたん
片付けを手伝おうとしていた身体が
動かなくなった　と話してくれた人がいて
すさまじい光景と
うすむらさきがかった小さな靴の
写真も　見せてくれた

この靴をはいていた子は　どうしているだろう
無事に水から逃げられただろうか
津波というのは大きくてさらに大きくて
黒かったらしい
親や家族といっしょにいられるのか
この子の家はおそらく
その黒い水に呑まれてしまったのだが
小さい靴の持ち主よ　誰かが今も
君の名を呼んでいるだろうか

昔　墓の中に入って死んでいた人がいた

その人は全く死に終って死臭さえしていた
しかし生きて生きてあまりある者が
その人の名を呼ぶと
死に終っていた人は起きて墓から出て来たのだ
そんなこともあるのだ　（ヨハネ伝一一章一七～四四節）

呼んであげてください　小さい靴の子を
いのちあふれる方よ

思うだに恐ろしいことだが
小さい靴の子よ　もしも君が流されていても
そして　もし生きていても
名を呼ばれたら　こたえてほしい
こたえようとしてほしい
いのちあふれる声が　きっと君を呼ぶから
今　偶然にも君がかわってくれた震災にあわず
君が失ってしまった平和な日常にいて　私は
がれきの中の小さな靴に「ごめんね」と言う

びわの木と海

私のいる町は海に面しているが
その町中の家と家との間あたりで
道を間違えたとき
たわわに実をつけている
大きなびわの木に出会った
つややかな黒みをおびた葉がかさなり
明るい色のつぶらな果実が房になっているが
誰もつもうともせず　ふりむきもしない
その場所の近くからは海が見え
たくさんの船が投錨している

風があるので白く波が立ち　それで
船は皆　前に進んでいるかのようであった
風が音をたてて吹いた

そのとき海はその下に　黒い色を
隠しているような気がして
あの海もふくれて
立ち上がることがあるかもしれないと感じた
そして三月十一日の　東日本の町のように
あのびわの木の頂に
船が乗りあげて来たりしたら……
ああ　世界には　人間には力及ばない
偶然の一瞬がある
その場所が東北であれ横浜であれ　そのことが
すでに　偶然なのだ
記憶すること　いつまでもおぼえていること
それが私であったかもしれないし　あそこが
ここだったかもしれないと　身を低くし
身を投げ出して　思うことだ

すくすくと伸びた美しいびわの木と
波に流された子どものおもかげの間に
見えない虹が　かかる

エッセイ

アンナ・アフマートワの詩について

詩人なら誰でも、たとえ漠然とではあっても、自分の作品はどこかこの世の外から自分の内側に訪れて来るという感じを持っているのではないだろうか。例えば『ソクラテスの弁明』に、詩人が作品を作るのは自分の智慧によるのではなく神来によるのだ（プラトン『ソクラテスの弁明』22Ｂ）とあるように。アフマートワの場合、この「神来」言い換えれば「インスピレーション」は「ムーザ」（ミューズ）と呼ばれ、詩をもたらす存在として描写される。

深夜　ムーザの訪れを待つとき／人生は　すんでのところと思われる／名誉も　若さも　自由でさえも　何であろうか／小笛を手にした愛しいお客に比べれば／そして　ほら　やって来る　寝台の帳をかかげ／じっと　私を見つめている／私は彼女に話しかける「ダンテに　地獄篇を／口述したのは　あなたですか？」／彼女は答える「そう私です」

（一九二四年）

詩は詩人の意志にかかわらず、ある時突然訪れて来る。詩人はミューズの告げる詩をただ書きとるのだ。

……ほら　もう言葉が聞えた／また　軽やかな脚韻の合図の呼び鈴が／そのとき私は解って来るのです／それから　ただ口述されるままに書き取った行が／雪のように白いノートの上にあるのです

（一九三六年）

これがアフマートワの創作方法であり、彼女は一生を通じてこのようにして詩を作っていたのだろう。『主人公のいない叙事詩』の序文冒頭には「はじめて彼女（この詩）はフォンタンカの私のところに、一九四〇年十二月二十七日の夜に、やって来た。」とある。「やって来た」詩に言葉を与えること、それが詩人の責務であり喜びであろう。アフマートワは生れながらに、また生涯「詩」（ミューズ）に対して忠実な通訳者であったと思う。

アンナ・アフマートワ（本姓ゴレンコ）は一八八九年六月十一日（ロシア暦）オデッサ近郊に生れ、満一歳にならぬうちに、ペテルブルグ郊外のツァールスコエ・セロー（皇帝の村の意、現プーシキン市）に移った。

並木路をひかれゆく仔馬／くしけずられた鬣（たてがみ）の長いうねり／ああ　謎の　魅力に富んだ町よ／わたしはおまえを愛して　かなしい

（ツァールスコエ・セローにてⅠ　中山省三郎訳）

ツァールスコエ・セローの自然と、幻想的な色合いを湛えたネヴァ河の流れる北の首都ペテルブルグ（一時レニングラード、現サンクトペテルブルグ）が詩人の詩の背景となった。彼女は少女時代のほとんどを、また一九一〇年に詩人グミリョーフと結婚してからもツァールスコエ・セローで過しており、この町に住んだプーシキン（貴族学校（リツェイ）に学んだ）のことはアフマートワの魂に深く働きかけずにはいなかった。

浅黒い少年が　並木道をさ迷い歩き／湖のほとりで　物思いに沈んでいた／そして　百年　私たちは愛している／かさこそと　幽かに聞える足音を

（ツァールスコエ・セローにてⅢ　中山省三郎訳）

彼女はプーシキンを全く尊敬し、愛していて、分身とも思うほどであった。プーシキンの研究もある。

………彼処（あそこ）にわたしにそっくりな人が居る　大理石（なめいし）の………／年古（ふ）れる楓樹（もみじ）のもとに据えられて／湖に面（おも）をさしむけ／緑のそよぎに　心とめ居（お）る／／

明るき雨は／かのひとのかたまりかけし傷痍を洗う……ああ　冷たく白いものよ／わたしも大理石になろう……

（ツァールスコエ・セローにてⅡ　中山省三郎訳）

旅行のときも聖書とプーシキンの詩集を手離さなかったというアフマートワは、多くの知識人がソビエト政権の弾圧を逃れて亡命した時代にもロシアを離れなかった。第一次世界大戦、革命とそれに続く内戦、第二次世界大戦を間に挟んでスターリンの粛清、夫グミリョーフとの離婚、反革命分子として夫の銃殺（二一年）、息子の逮捕、生活の困窮、病気（安井侑子『ペテルブルグ悲歌——アフマートワの詩的世界』）、あらゆる困難を乗り越えてロシアに留まったということが、今も多くの人にその詩が愛誦されている理由の一つであろう。

愛誦と言ったが、ロシア語の詩は韻を持っているので人々はよくそれを口にのぼらせる。日本語のように散文を切って並べても、何となく詩のように見えるものとは全く違っている。日本語には日本語で美しい面すぐれた面がたくさんあるが、ロシア語の韻は日本語には無い、ロシア語の特徴と思う。詩のために出来た言葉か、と思う程だ。まだロシア語を知らなかった頃、プーシキンの『エヴゲーニイ・オネーギン』を読んだ時には、何故この詩がロシアの人々に愛されているのかよく解らなかった。でも旧ソ連邦に住んでロシア語に触れた時、プーシキンの詩が熱狂的に愛されている訳がわかったと思った。当然のことながらアフマートワの詩が人々に記憶されているのは、そのうたうような韻律によることが大きい。和訳してその調子を表現することは難しい。とは言え詩の中の感情の力強さ、内容の物語性の魅力は十分に伝わるのではないかと思う。

アフマートワは十一歳から詩を作っていたが、処女詩集『夕べ』は一九一二年の刊行である。この年息子レフが生れている。この頃の彼女について「繊細で、すらりと整った人で、十五歳の内気な少女に似ており、夫である若き詩人グミリョーフから一歩も離れずにいた」（K・チュコフスキー『アンナ・アフマートヴァ』）と書かれている。『夕べ』は青春の詩集という感じがして、ツァールスコエ・セローの美しい自然に育まれた詩人のやわらかな心・初々しい若い女性の心のゆらぎが伝わって来る。例えば「最後の出会いの歌」である。

かくも力無く　胸は冷えた／けれど　私の歩みは
軽やかだった／私は右の手に／左の手ぶくろをは
めたのであろうか／／段々は果てしないように見え
た／でも私にはわかっていた――それはたった三
段！／楓の木々の間で　さやさらという秋の声が
／頼んだ「ぼくといっしょに　死んでおくれ！／／
陰気な　移り気な　意地の悪い運命に／ぼくは裏
切られたのだ」／私は答えた「愛しい　愛しい
あなた！／私もそうよ　いっしょに死んであげる
……」／／これは最後に会うことの歌／私は暗い家
を見た／ただ寝室の中にだけ　ろうそくが燃えて
いた／無関心な　黄いろい炎をして

（三四行目は次の文章を用いた。「彼女の詩は、いつも風景や生活の、現象と結びつけられる心の状態を語っている。……『私は右の手に　左の手ぶくろを　はめたのであろうか』この一触（わんたっち）は、別れのときの苦しいといきや胸さわぎを、語らぬであろうか。」中山省三郎訳『念珠抄』後記）

青春の詩集にしては別れや喪失感が歌われすぎているだろうか。しかしそれは彼女の心が清いからかもしれない。この時最後に会ったのは誰だったのだろう。しかし読者が詮索してはいけないことだ。たとえこの詩ができた時に誰かと別れていたにしても、詩は詩として独立にムーザによって現れる。それでこそすぐれた詩は私たちの共通の宝となり、多くの人の心の内を表現し、慰めとなり得るのだ。この詩について説明が必要だとすれば、楓の葉が日本のと違って大きくてよく風に鳴り、赤くならずに黄いろくなることだろうか。

初めて見た時鈴かけだと思った。大きな浅く切れ込みのある葉が、秋、と言っても初秋の頃、青い空のもとに、悲しいまでに黄金いろに光輝く。秋が裏切られたと怒るのも無理はない。今日はもう手ぶくろをはめるような陰気な寒いお天気。その日限りの秋だったのだろう。明日は「黄金の秋（ザラタヤ・オーセニ）」は消え、街は灰いろの冬。今もあの頃の秋の楓の葉が、さやさら、はらはらとたてていた音を思い出すと、胸が痛んで泣きたいようだった、あの時の気持がもどって来る。

　日足は短く、この少女が家に帰る頃にはろうそくが灯されている。移り気な恋人、多分表面的で真剣さのない社交的な人。秋のお天気のようにあの人とのことは暗転した。でも自分も同じこと、秋といっしょに死んであげないでもどって来た。ああ、あの人が来るなら、お客間にもろうそくが置いてあるはず――と少女は思ったろうか。

　かすかな角笛の音が止んだ／心には　あいも変らぬ謎がある／軽やかな秋の雪のひとひらが／クローケーのコートに横たわった

（一九一一年）

　これも人に真実な言葉を求めて失望した少女の目にうつる初秋の風景である。互いに真実であり得ない人間。この世界における人の心の悲しい行き違い。この世にあるが故に隠されていて見えず、わかりあえない悲しみもある。しかし決して高踏的な人ではなく、普通の奥さんのように、多分子供好きな優しい人だったのではないかと思う。チュコフスキーの『アンナ・アフマートヴァ』に、彼女がせっかく手に入れた英国製の高価な栄養食品の粉を美しい缶に入ったまま「あなたとお嬢ちゃんに」と無理にチュコフスキーに受け取らせたという話が出てくる。一九二〇年のソ連邦でそれがどんなに得がたいものか想像がつく。彼は「このような機会を少なからず私は思い出す」と言っている。

　このような人を何故つらい運命が見舞ったのか。だが敢えて言うなら苦しみが必ず悪い運命とは言えない、と彼女自身も思っていたと思う。私たちの生は死によって終るのではなくその後があると。ソ連邦におけるアフマートワの詩の運命はキリスト教の運命と重なって見える。それは彼女の詩が信仰に裏打ちされているからかもしれない。つまりどんなに当局が批判しても抹殺しようとしても、人々はアフマートワの詩を愛していたし、秘かに記憶していた。ある批判した人も彼女の詩を愛誦していた。私が旧ソ連邦で暮して知ったのは、キリスト教批判は表向きのことで、いくら抹殺しようとしても、みんな秘かに信じて祈っているということだった。最後に当局の追及を恐れて原稿にせず、記憶の中にしまっていた詩集『レクイエム』の中から一篇を紹介したい。

静かに流れる静かなるドン
黄いろい月が　家に入る

帽子をななめにかぶって入る

黄いろい月は　影を見る

それは病気の女
それはひとりぼっちの女

夫は墓の下　息子は監獄
お祈りに　覚えて下さい　私のことを

（「レクイエム　2」）

孤独で眠られぬ者の目にのみうつる夜半の黄いろい月。病気でひとりぼっちで、夫を失い息子を逮捕された女の姿は、アフマートワのみならず全ロシアの悲しむ民の姿である。この人たちを、ロシアの大地を、アフマートワはどんなに愛していただろう。一九六六年三月五日永眠。数え切れない人々が冬の三月に咲くとぼしい花々を三に集まったという。

＊引用部分、訳者名なきものは拙訳。

（「詩と思想」一九九四年十月号）

旧ソ連邦時代とロシア連邦時代のロシア詩

一　ロシアで詩ということ

モスクワ市で、ある家庭を訪問すると玄関に子供が立ち、詩を暗誦して歓迎してくれた。ロシアの人達は詩が好きで雑誌に載っていれば声に出して読むし、長い詩をよく覚えている。ロシア語は確かに美しく、詩のために作られた言葉かと思うこともある。

二　アフマートワの詩神(ムーザ)　記憶　炎

ロシア語の詩又は一般的に詩を外国語に訳すのは難しい。しかしわかり合える部分も大きいと思う。それは言語が異っても同じ詩神(ムーザ)が口述しているからである。

深夜　ムーザ（ミューズ）の訪れを待つとき……／名誉も　若さも　自由でさえも　何であろうか／小笛を手にした愛しいお客に比べれば……私は彼女に話しかける「ダンテに　地獄篇を／口述したのは　あなたですか？」／彼女は答える「そう私です」

（「ムーザ」）

アフマートワは一八八九年に生れ人生の多くの時を社会主義のソ連で過した。彼女の詩は退廃的ということで批判され出版もできなくなった。夫は銃殺され息子も逮捕された。彼女は詩ができると友人に伝え、それが記憶されると原稿を灰皿の中で燃した。詩は炎をあげて灰になった。しかし記憶の中に詩は生き続けた（安井侑子『ペテルブルグ悲歌』）。

一九六六年三月告別の時、詩人を愛する無数の名もない人々が集った。

三　ヨシフ・ブロツキーの「私人」

一九四〇年レニングラード（現サンクトペテルブルグ）に生れ、美しい街と灰色のネヴァの河波が彼を育てた。この街は四一年から九百日間ドイツ軍に包囲される。『ヴェネツィア・水の迷宮の夢』冒頭の「凍った藻の匂い」（金関寿夫訳）はこの街を思い出させる。

詩人は「徒食者」として逮捕され強制労働に。七二年アメリカに亡命し創作を続け、八七年にノーベル文学賞をうけた。『私人』（沼野充義訳）はその受賞講演である。

詩人のまた人間の大切な仕事は「皆と違う顔の表情」を持ち、自分自身の人生を生きぬくことなのだ。人間を共通の公分母で括ろうとする考えからの逃走である。また彼は「詩神（ミューズ）の声」と呼ばれるものは実は言語の命令である、と言う。詩人が言語を使うのではなく、言語の方が自らの存在を継続させる手段として詩人を使う。「詩を書く者が詩を書くのは、言語が次の行をこっそり耳打ちしたり、あるいは書き取ってしまえと命ずるからです」。言語の未来が現在に介入する瞬間である。

一九九六年一月ニューヨークにて急逝。

四　アルセーニー・タルコフスキー　白い日

モスクワで映画『アンドレイ・ルブリョフ』を見た。アンドレイ・タルコフスキーの作品であるが、八九年一月の夕、友人宅の集いにその夫人がみえていたことがあった。外国人だというので皆が一筆して下さったが「愛と知恵」という彼女の筆も入っている。アルセーニー・タルコフスキー（一九〇七―一九八九）は映画監督タルコフスキーの父である。

辰砂のマントがルブリョフの肩から／風に吹かれ、
ふたたび大きくはためくのではないか？／魂には
——息吹、腕には——柄のごとく。／深淵に身を
投げてもいい——おまえを守り抜くためならば。

（「わがルーシよ、ロシアよ」
坂庭淳史訳・解説『雪が降るまえに』）

典雅に美しい作風。その詩は人々に自分の顔を思い出させる。批判され詩集の出版が取りやめになったこともあった。

ジャスミンの根元に石がある。／その石の下に宝
がある、／父が小径に立っている。／白い、白い日。

（「白い日」）

五　ゲンナジイ・アイギ　名前としじま

旧ソ連チュヴァシ共和国出身（一九三四年生）。来日されたことがあり東京大学での講演は私も聴きに伺った。私ごとだが娘は当時院生だったのでお手伝いに出た。アイギさんは娘の名前を聞いただけで「あなたの名前は喜びという意味だね」と言われたそうだ。また大学の高い木になっていた赤い木の実の名前をとても知りたがられて娘がその実を家に持って来たこともあった。その名前を聞いただけでそれが何であるかわかる、静かに耳をすましている詩人なのだろう（それはイイギリの木の実であった）。

おお静かなわが神よ……ミザクラは／もう／散った……——みどりごは／微笑み続ける……——ただおまえのこんな移ろいだけが／心の古来の弱さをますます身近に含んで／（ある種のささやきになり）……さらけ出す／金言《静かなわが神》の
明察を

（「しじま」たなかあきみつ訳『ヴェロニカの手帖』）

二〇〇六年二月逝去。

六　イリヤ・クーチク　現代のオード

「オード」と言うと思い出されるのはデルジャーヴィン（一七四三―一八一六）だが、この通常十行四脚ヤンブの書き方の詩をロシアの詩人達はその後あまり用いなかった（中沢敦夫『ロシア詩鑑賞ハンドブック』「ヤンブ」の項参照）。一九六〇年生のクーチクがこのオードの形で六十詩連六百行の『オード――アゾフ海のベロサライスク砂洲を訪れた際に吟じた』（たなかあきみつ訳）を完成させた。古典的詩法の法則に従い、しかも生きた言語で書かれた現代のオードである（ヴィクトル・ソスノーラ前掲書解説）。オードは頌歌であり筋立てと捧げるべき相手を必要とするが、この場合海がそれである。

海とはまさに自然の肺であり、／世界の血液の小さな円である。

ところが礫のイェズスはおのれの血を／十字架の垂直の支柱に／滴らせた……今ようやく水平線は／垂直線と血盟関係を結んで……

現在米ノースウェスタン大学で詩を講じている。

（「詩界」二五五号　二〇〇九年九月）

「合唱抒情詩」ということ

いまも世の中で口ずさまれているような、有名な詩の翻訳がいろいろとりあげられている『名詩名訳ものがたり』（亀井俊介・沓掛良彦著。岩波書店）という本を見ていた。昔から知っている詩たちに懐かしく興味をひかれて頁を繰るうちに、呉茂一のギリシア語詩の訳に行きあたった。

行く人よ
ラケダイモンの国びとに
ゆき傳へてよ
この里に
御身らが　言（こと）のまにまに
われら死にきと

（「テルモピュライなるスパルタ人の碑銘に」）

作者はシモニデス、そうだ、この詩は確か教科書に出ていた。大学に行っていたころ、ギリシア語の時間もあった。教科書には、田中美知太郎・松平千秋の『ギリシア語入門』（岩波全書）を使っていた。この本の、各章のうしろの練習問題の、多分ずっとうしろの方だった。時々、見るので、教科書はその辺に放り出してあった。開いて見ると、やはりうしろの方に、あ、あった！自分で問題文に赤鉛筆で丸印をつけている。教えてくださったのは、発音のきれいな女の先生だったがいつも割と厳しかったので私たちは、せっせと予習をした。その時の先生の詩の読み方がとても美しく調子よく聞こえたので、きれいな詩と思って赤丸をつけたのだろう。訳としては「あゝ外国人よ、我々は彼らの掟に従ひて此処に横たはれることをLakedaimon人達に報知せよ」と『ギリシア・ラテン引用語辞典』（岩波書店）にある。『名詩名訳ものがたり』の文中には「異国の人よ、ラケダイモンの人々につたえよ、／われらここに横たわれりと、かの人々の言葉に服して」という直訳も出ている。ラケダイモン人とはスパルタ人の別の呼び名であるが、この両直訳に出て来て呉訳では「死にき」と訳されている「横たわる」というちょっと変わった動詞を習うので、この詩が例題にあがっていたのだ。「シモーニデースは前五世紀の抒情詩人。この詩はペルシア戦役で戦死したスパルタ軍将兵の為の墓碑銘である。」と註がついている。先生もこの時、ギリシアの抒情詩だと教えてくださったと思う。私の頭ではそれが、生まれながらにメロディをもっているとは思えなかった。普通詩が先にあって、その詩に作曲するものではないだろうか。

ところが、呉茂一と訳詩について、こんなことが本文中に書かれていた。「呉はその訳詩において、しなやかな古語、雅語を巧みに駆使し、ときに平俗な言葉を巧みに織り込んで『呉茂一調』とでも言うべき、独自の詩的世界を作り上げるのに成功しており、その分野では余人の追随を許さないものがある。……古典詩の訳詩家としての呉の面目を示す先の訳詩は、前六世紀後半から五世紀前半にかけて活躍し、合唱抒情詩人としてギリシア全土に詩名を馳せたシモニデスの名高い碑銘詩である。」（一六六頁）。抒情詩人だと思っていたのに、何故「合唱」がついているのだろう。

あの本に何か出ているかもしれない。父のところから借りたままになっていた、著者の署名入りの『ギリシアの知恵―古代名言集―山本光雄・北嶋美雪訳編』（社会思想社）を取り出した。シモニデスの詩は二つだけだったが、解説にホメロス、ヘシオドスの叙事詩から「我の自覚」ということが問題とされる抒情詩への移り行きについて、説明されていた。抒情詩にはエレゲイオス、イアンボス、スタンザの三形式があり、スタンザには独吟のものと合唱歌がある。前の二つは笛で伴奏し、スタンザには竪琴が使われる。またスタンザのうちの合唱歌にはその上踊りが加わる。前五世紀後半には、抒情詩のクライマックスは合唱歌のほうに移っていき、その代表的歌人がシモニデス、ピンダロス、バッキュリデス……ということであった。「合唱抒情詩人」なのだ。竪琴をひきながら、節をつけて歌う詩人、さらに踊りもしたのだろうか。

この辺まで来た時、伊東静雄が自分の詩を歌ったこと、朗誦なされたことを思い出した。直接伊東静雄と会っていた方から伺ったという意味であるが。それは私にとって、小高根二郎先生と鈴木亨先生である。私は大学生の時から、小高根二郎主宰の詩誌「果樹園」に加えていただいていたが、神戸の親戚に行った時、「果樹園」の印刷所に同行して校正刷りを見るのをお手伝いしたことがあった。その行き帰りに、伊東静雄のお話を色々伺うことができた。伊東が新しい詩が出来ると友人に歌って聞かせていたことも。しかし、どう歌っていたかまではわからなかった。ずっと後になって、小高根先生はもう亡くなられ、私は諫早の詩誌「河」（上村肇主宰）の同人だったが、毎年三月の伊東静雄賞の表彰式の後の講演会で、鈴木亨先生が伊東静雄について話され、伊東が自作の詩を歌っていたことも、お話に出てきた。講演の中ではなかったかもしれないが、先生が「ではまねしてみましょうか。」と伊東の朗詠をまねて歌ってくださった。なお富士正晴編『伊東静雄研究』（思潮社、一九七一年）には鈴木亨の「伊東静雄三題」が収録されており、「二　低唱微吟」の中に「ぼくはそれらの日日耳にした調べのうちのいくつかは（少なくとも十篇程度は）今でも自分でほぼ復元できるくらいに思っている。」（五七三頁）とある。

伊東の詩は歌われる詩だったのだ。その後図書館で京都大学出版会の西洋古典叢書の中に『ギリシア合唱抒情詩集』を見つけた（丹下和彦訳、二〇〇二年）。月報四〇がうまく本に貼り付けてあった。叢書の月報は重要なことがよく書いてあるから、なくさないように、と哲学の先生に言われたことがあるが、この月報には、先の『名詩名訳ものがたり』の沓掛良彦の「歌と詩のあいだ―合唱抒情詩鑑賞のためのはしり書き」という文章が載っていた。「現代人にとって、古代ギリシアの抒情詩に接する上で最大の障壁となっているのは、詩なかでも抒情詩というものに関する古代ギリシア人と現代人との観念の相違であろう。われわれにとって詩とはテクストとして文字に印刷されたものであり……」一冊の本として読者の前にさしだされる詩、密室で声なき形で読まれ、目を通して享受されている現代の詩。しかし「竪琴（リュラ）歌」という名称が示すように、古代ギリシアの抒情詩は音楽と一体化している「歌」だったのだ。ことばによる音楽そのものであって、目で読まれるのではなく、耳を通じて享受されるものであった。

「ギリシア人にとっての音楽とは、なによりもまず韻文（Vers）の中に存在するものであった。ギリシア人の韻文とは、言語であると同時に音楽でもあるようなひとつの現実だったのである。」という現代ギリシアの音楽学者ゲオルギアデスの言葉が引用されている。韻文とは詩行、つまり詩である。詩が言語として表現されると同時に音楽でもあるという現実とは、詩が生れると同時にメロディーもあった、ということだ。すごい、私が赤丸をつけたシモニデスの詩は詩が口をついて出たときにはもう歌になっていたのだ！ 普通に言葉だけを読んでもあんなにきれいだったのに、はじめから音楽と一体となっていたとは。だから合唱抒情詩なのだ。

ではもしかして、伊東の詩はもともとこの合唱抒情詩のようなものだったのかも知れないとは考えられないだろうか。はじめから メロディーと一体化しているなら、自然と歌となり、言葉だけの詩を朗読することはかえってむずかしいかもしれない。伊東静雄の朗詠については先の『伊東静雄研究』の中で富士正晴自身も次のように述べている。「最初にわたしの家に来てくれた日、はじめて伊東静雄の朗詠を耳にした。詩をうたふことのない、うたさへうたふことの少ない者にとって愕くべき体験であった。」（「伊東静雄」七二頁）。他に中田有彦の「伊東さんの思い出」に、昭和二十二年十二月の伊東静雄詩集『反響』の出版記念会で、として「僕にとって重要なのは、話に聞いていた伊東静雄の朗詠を、この席ではじめて自分の耳で聞いたことだ。伊東さんがうたったのは『中心に燃える』と『夏の終り』の二編だった。伊東さんはそれを、正座して瞑目し、うつむき加減にうたった。……いかにも沈潜した感じで、一度聞いたらもう耳について離れなかった。」（四〇七〜四〇八頁）とある。そしてその曲はそれぞれの詩でことなり、即興の出まかせのようなものでは決してなく、練りに練り上げた完成品だったのだ（同書、鈴木亭「伊東静雄三題」）。

合唱抒情詩人は竪琴（リュラ）を持って歌うので抒情詩をリリックと言い、リリシズムという言葉もあるのだが、それだけでなく、合唱隊の指揮、踊りの振り付けもしたという。伊東静雄は二十一歳の時、映画の脚本に応募し一等賞になった。賞金はかなりの額だったようだ（同書三二八頁、堀内薫「学生時代の伊東」）。巻末の年表には児童映画で全国上映されたとある。もし機会さえあれば、伊東静雄も古代ギリシアの合唱抒情詩人のように、歌と踊りの舞台を演出することもできたのではないかと、ふと思う。

（「真白い花」第一四号）

解説

ロシア恋い

鈴木　亨

　中山直子さんがこんど編んだロシア詩集『銀の木』は、所収二十四篇、ことし（平成十三年）九月中ごろの二週間をロシアの首都、モスクワに滞在した日々の見聞の、いわばルポルタージュである。全編はほぼ一箇月で仕上げられている。それに何か記すように求められ、ロシアの現状に関する予備知識などまるで乏しいわたしは、はたと戸惑ったものの、日本人の〈ロシア恋い〉について最近少しく思案していた折でもあり（これについては後述したい）、また中山さんとは不思議な縁で結ばれているという事情もあって、お引き受けすることにした。

　中山さんはかつて、昭和三十年代から四十年代にかけて発行された詩誌「果樹園」（当初は田中克己、のち小高根二郎主宰）に寄稿し、次いで詩誌「河」（上村肇主宰、平成十二年十二月終刊）の同人として活躍し、こんにちに至っている。

「果樹園」は旧「コギト」系の詩誌で、主宰者の小高根二郎が伊東静雄や蓮田善明の評伝を長期にわたって連載していたことで、また「河」は長年、諫早市が主催する〈伊東静雄賞〉の世話をして来たことで、それぞれ知られる。そうしたことから、年来、伊東静雄の詩に薫染することの深い中山さんが、この両誌に関わったというのも自然だった。

　そして、わたしも伊東門下の端くれで、当初から静雄賞の選考を手伝って来た。それが機縁で、わたしは中山さんを知るようになったが、直接に面識を得たのは十年ほど前のことになろうか。

　ところが、中山さんとの縁故の糸は、実はずっと遠い昔にまで伸びていたのである。わたしの祖父は、近代日本に伝わったキリスト新教の古い、熱心な信者だった。かれは明治五年、そのプロテスタントが最初に建てた教会、——横浜の海岸教会で同十二年に受洗している。

わたしの手元にある大正三年度の『日本基督教徒名鑑』を見ると、その海岸教会の項には、牧師以下、四十二名の会員が挙げられているのだが、そこにはわたしの祖父「鈴木新吉（菓子商）」の名前・職業といっしょに、中山さんの祖父「大村益荒（横浜基督教青年会主事）」のそれも並んでいるのだ。わたしの祖父は、繁華街の伊勢佐木町界隈で和菓子屋を営んでいた。かれはどうやら、横浜の菓子商の元祖であるらしい。一方、直子さんご一家の家系は由来、れっきとした学者・教育者畑の方々と見受けられる。

わたしの祖父は大正期半ばに、隠居して、横浜郊外の新子安に転居し、わたしはその同じ屋根の下で、サラリーマンになった親と共々暮らしていた。そこではしばしば家庭集会が持たれていたので、直子さんのお祖父さんも、ひょっとすると来訪されたことがあるのかも知れない。「大村益荒（ますら）」という、いかめしい、珍しい名前は祖父からよく聞かされていたから、いまも耳底に残っている。

思えば、中山さんとは種々、浅からぬ縁故に連なる仲なのである。

前置きが長くなってしまった。急いでロシア詩集『銀の木』に眼を移さねばならない。

直子さんの夫君は明治学院大学教授で、ロシア経済を専攻されている。その関係で、彼女のロシア行はすでに六回にも及ぶという。『銀の木』はそうした親密なロシアに取材した詩作の総括ともいうべき労作であって、これにはすべて現地で得た書き下ろしの作品群が集録されている。

彼女の〈ロシア恋い〉は、「子供の頃」に母の手引きで読んだロシアの童話「森のおばあさん　バーバ・ヤガーの家の話」以来のことであるという。

ロシアの森は
私の空想の中でふくらんだ
そこには胸のときめく何かがあったが
大人になってから
実際に　子供を三人連れて
みんな　あなたの子供なのか
などと問われながら
ロシアの町を
歩くようになるとは　思っていなかった
冬になると
ロシアの町の青い闇の中を
バーバ・ヤガーも
買物に出て
するする歩いているような気がする
（「バーバ・ヤガー」）

その「ロシアの町の青い闇の中」にひそむ「胸のときめく何か」の見聞に魅入られて、彼女は集中の詩を憑かれたように一気にうたいあげた。それは長い彼女の詩作生活の中にあっても、かつて味わったことのない至福の体験であったにちがいない。その陶酔の息づかいが、この詩集には遍在している。が、陶酔はしていても、心の一隅はいつもしっかり覚めていて、きびしい写実と抑制の操作を怠らず、どの作品も高い結晶度を示していることに敬服するのである。

その写実の綿密さは、「レーニン記念中央図書館」の内部を描写する次のような箇所などに、特によく示されている。

柱頭のある四角い大理石の柱に支えられた
五メートルの高さの天井は白く塗られ
こまかいレリーフがほどこされている
中央にさげられた唐草模様のシャンデリアには
灯りが十六個ならんでいる
夕方になると　そのうち十一個は灯るが

四個は暗く　一個は灯らない
しかし　その様子が
かえって　私を　安堵させる
（「図書館」）

まことに精細な写生であるが、それゆえにこそ奥行は深い。写生はさらに、「書見用のランプの　緑の琺瑯引きのかさは／かすかに　きな臭いにおいがする／冷えてきた手をあたためてみる」とつづき、

古い図書館
今までこのザールで　どんな人が
どんな学びをして来たか
向いの席に
女流文学者のような人が来てすわる
ゆたかな白髪の美しいまげが
緑の間に見え隠れする
午前の図書館
今も　学んでいる人がいる
（「図書館」）

と、しずかにうたい収められる。「緑の間」とは、先行する図書館の内部に据えられた「二百個近い植木鉢」の、これも丁寧な描写を受けた措辞で、これらの描写はいささかの感傷も纏っていないけれども、そこには重畳とした余韻がひそむ。つまり、〈今日のロシア〉の気配がまざまざと感得されるのだ。

平成元年十一月、ベルリンの壁が撤去されることになって、同三年十二月にはソビエト連邦が解体し、ロシア連邦が生まれた。以来、古き、よきロシアが復活し、同時に望ましい未来への扉が開かれようとしているわけであるが、本書にはそうした変貌するロシアを見守る眼差しが暖かく、しかも沈着に行き渡っているのである。

今　ロシアは　アンバランスに
豊かになりつつあり　それが
ある人々を　不安にさせてもいる

詩人が最期を迎えたという寝台は
今では使われないような質素なものだが
そのグレイのかけ布の上に
一束の夏花が
これこそ詩のように　横たえられている

これは「パステルナークの家の窓枠にて記す」と題する詩の、終連である。その家はモスクワ郊外、ペレヂェルキノの作家村にあって、詩人が晩年、自然との対話に明け暮れながら静かに創作三昧に励んでいたところ。かれはここで長編小説『ドクトル・ジヴァーゴ』を完成させ、それはノーベル賞に選出されたのだが、政治的な妨害のために辞退を余儀なくされ、二年後には七十歳で永眠する。その「詩人が最期を迎えた」質素な「寝台」の「布の上に／一束の夏花」が、「詩のように　横たえられてい」たという。

直子さんがこの「花」に見たのは、聖なる「ロシアの魂」(「何というむごいことを」)であろう。彼女はキリスト者なのだが、その立場はつとめて抑えられて、このようにもっぱら、普遍的な思惟の発露が志向されているのである。そうした努力が、多年にわたる〈ロシア恋い〉に豊かな結実をもたらし、本書に卓抜なルポルタージュの資質を付与しているといえよう。

さて、この辺で勝手ながら、冒頭に述べた近ごろわたしがたまたま思案していた、日本における〈ロシア恋い〉、ないしは日本とロシアの関わりの歴史に、しばらく話題を移させていただこう。

そうした日本とロシアの交渉史は、実はあまり長くない。司馬遼太郎の言葉(『ロシアについて〈北方の原形〉』)を借りると、それは「せいぜい二百年余でしかない。日本史でいえば、織田信長も豊臣秀吉も徳川家康も、ロシアという国名も民族名も知らずに死んだ」。

ロシアの登場は「江戸中期、当時の日本人の実感でいえば雲でも大湧きに湧くようにして北方で興」り、その「出現の当初から好もしい印象は受けなかった」。

そして、「十九世紀末期にはロシアは満洲に南下し、関東州を設けて渤海湾に臨み、朝鮮にあっては鴨緑江で伐採権を得たり、この国内において土地を買ったりしはじめた。さらに日本に近づくという恐怖が、日本に海軍軍備を増強させた。その上、この恐怖が、多分に心理的な作用・反作用をかさねつつ、結局は日露戦争というかたちをとって爆発してしまった」。

つまり、二百年余の日露の交渉史は初めから政治的で、明治中期にそのボルテージが高まって、日露戦争を惹起したというわけである。そして以後、こんにちまでの約百年間も、その傾向は継続し、〈赤〉排斥の国策により、すっかりロシアへの嫌悪感が国民に染みついてしまった。このように政治的に終始した日露交渉史の過程にあっては、〈ロシア恋い〉の情感など介入する余地がなかったといえよう。

その過程を詩の世界に限って見渡しても、〈ロシア恋い〉どころか、何ほどかロシアに関わるような作品さえ、いっこうに捜し出せない。まず明治中期までをたどると、ロシアに取材した作品としては、明治二十六年に作られた落合直文の長大な叙事詩「騎馬旅行」が、唯一、やっと目に入るだけである。

これは当時、ドイツ大使館付だった陸軍中佐の福島安正が、任期満ちて帰国の際、ベルリンからウラジオストックに至る一五二〇〇キロの間を、明治二十六年二月から四箇月を費やし、単騎シベリアを横断、踏破した経過を追跡する七五調の新体詩で、延々千行余りに及ぶ大作である。その福島中佐の壮行に世論は湧いて、東京での歓迎ぶりは大変なものであった。もっとも、その内実は対露戦に備えた諜報活動であったらしいが。……。

直文の「騎馬旅行」は同年六月、中佐の帰国と同時に単行本として刊行された、ホットなルポルタージュである。おそらく直文は、新聞報道の記事などに基づいて想像を駆使しながら、うたい継いだのであろう。すると、その一部がたちまち「波蘭懐古（ポーランド）」と題する軍歌となって広まった。「一日（ひとひ）二日（ふたひ）は晴れたれど……」に始まる、この著名な軍歌は、十八世紀末以来、亡国の憂き目をみていたポーランドを通過する箇所を抽出した、さっぱり軍歌らしからぬ牧歌的な内容のもの。作曲者は未詳だが、詞・曲ともに好ましい歌謡であった。ただし、これを〈ロシア恋い〉の作品と見るわけにはいかない。

以後、こんにちまでの詩史を眺めても、わたしの関知する限りでは、まともな〈ロシア恋い〉の作品ということになると、次に挙げる野口雨情の民謡「わたしや黒猫」が、やはり一篇わずかに見当たるだけである。

わたしや黒猫　闇夜がすきよ
寒いロシヤへ　渡ろか　行こか
行こかロシヤの　雪降る国へ
身まで売られた　わしや黒猫よ

風は　吹く吹く　港の沖に
寒いロシヤの　国吹く風よ
行こよ明日は　ロシヤの国へ
どうせ売られた　わしや黒猫よ

鳥は空飛ぶ　空飛ぶ鳥よ
つれて行かぬか　ロシヤの国へ
ロシヤは恋しい　火を吐く国か
たよりすくない　わしや黒猫よ

これがその全文で、大正十三年一月刊行の民謡集『極楽とんぼ』に載っている。その掲載誌・制作時期について雨情の全集は何も注記していないので、たぶんこれは、書き下ろし、未発表の作品なのであろう。

同書の刊行に先立つ十二年九月一日に、関東大震災が起こっている。その災害の渦中に政府筋が放った悪質なデマのために、多くの朝鮮の人々や社会主義者たちがひどい目にあった。アナーキストの大杉栄が、妻の伊藤野枝、同伴していた六歳の甥と共に、逮捕・虐殺されたのも、その折、九月十六日のことである。実は、その一件に、この雨情の民謡「わたしゃ黒猫」は関わっているらしいのである。

そもそも雨情は、二十歳代を迎えたばかりの明治三十五、六年の交、社会主義詩人・児玉花外の影響下に、新体詩による硬質な社会主義詩を試みることから詩作を開始している。けれども、三十六年の八月に発行されることになっていた花外の『社会主義詩集』が、刊行直前に発禁処分を受けて闇に葬られたさまなどを目撃して、方途の変更を迫られ、当時まだ詩壇であまり注目されていなかった民謡、——すなわち民衆と共存する歌謡の世界への転身をもくろみ、以後は生涯、新しい民謡・童謡の世界を先駆して、画期的な功績を残す。

そうした雨情が、まだ方途を模索していた明治四十四年ごろのこと。かれは勤務していた東京の雑誌社で、そこに出入りする大杉栄と知り合う。前年の四十三年には大逆事件があり、四十四年の年頭にはアナーキズム派の巨頭、幸徳秋水以下、被告十二名が死刑に処せられた。その幸徳の後継者と目されていた大杉と昵懇になった雨情は、当時しばしば刑事に尾行されていたという。

大杉が虐殺されたのは、それから十余年してのことであるが、かれの無残な最後を知って、雨情が動じないわけはない。——ここで結論を先立てると、雨情の「黒猫」のうたは、大杉へのレクイエムであったと、わたしには思えるのである。

大杉は大正十一年の十二月、ベルリン国際アナーキスト大会に出席のため、日本を脱出してパリに渡ったが、ドイツへの入国を阻まれ、翌年五月、パリ郊外のメーデー集会で演説していたところを逮捕されて、入獄。六月にフランスを追放され、七月に帰国して程もなく、その災厄に遭った。ために、十二年十月に刊行されたかれのルポルタージュの『日本脱出記』は、ついに遺著になってしまった。

そして、雨情の「わたしゃ黒猫」を収録する民謡集『極楽とんぼ』が、その三箇月後に刊行されている。従って、それはたぶん、その間の作品ではないかと推測される。

実際、この日本脱出を志向する民謡は、大杉の遺著と痛切に響き合っていて、悲鳴にも似た大杉への哀悼のうたと聞きなされるのである。
大体、『極楽とんぼ』という書名からして異様で、それを題名とする作品は集中に見当たらない。この表題は、〈なまけ者〉を意味する言葉である。これを著作に冠して、雨情は早く実践活動から離脱した後ろめたさを表出しようとしたのであろう。というより、これによってまず、雨情は大杉に詫びているのではないか。このような〈謎〉の投入は、雨情の常套手段であった。

以上、既往の詩史から捜し当てたロシアにまつわる二篇の詩、「騎馬旅行」「わたしや黒猫」をめぐって、つい長広舌に及んでしまった。さて、そこで改めて気づかれるのは、両詩が次の二点を共有していることだ。――一つは、両詩の作者がともにロシアの現地を見聞せず、空想裡にうたっているという点であり、いま一つは、両詩には政治の暗影が濃く落ちている点である。

そうした事情を踏まえると、このロシア詩集『銀の木』の位相が一段と鮮明になる。ここに収載されているのは、まさにロシアの風俗・風物の実情に取材した作品群であり、そこでは政治的な拘束もまったく払拭されている。つまり、これは真新しい地平を拓く、めざましい貴重な業績なのである。
しかも、その業績は単なるルポルタージュ・紀行に終わらず、次の短詩においても窺えるように、かつてのよきロシアと、混迷するロシアの現状とを凝視してもろともに抱え込み、そこにロシアの望ましい未来への祈念をも忍ばせた重厚なたたずまいを見せている。

なつかしい霧の朝
黒い影のように
人が出勤していく
昔の建物の呼吸
彼らは　変り身の早い人間を
きっと　心配しながら

見つめている
たくさんの「なぜ」という
ささやきと共に

（「霧」）

作者は自在な姿勢で、隣国に寄せる広大な愛のうたを、ひたすら敬虔にうたいあげているのだが、その温かい眼差しは、そのまま祖国日本の現状にまで注がれていることも窺えて、粛然とさせられる。
思えば、雨情の「わたしや黒猫」も、同じようなダイナミクスを備えた力作であった。その意味では、そこに一貫する懇篤な〈ロシア恋い〉の系譜が認められるともいえようが、しかしここでは雨情のうたに存在した抑圧された喘ぎは、もはや聞かれない。作者はすっくと自立して、ためらうことなく、うたい澄ます。それはまことに新世紀に似合う、うれしい風情だ。
凜とした、その晴れ姿に、こころからの祝意を贈ろう。

中山直子詩集『雲に乗った午後』賛
―失われた詩の王国へのあこがれ

以倉紘平

『雲に乗った午後』という童話のような題名をもつこの詩集は、童心にあふれ、哀しいほど美しく、清らかなものに憧れる詩心に満ちている。

「鳩さん　雪は　おいしいの」／ふと耳もとで　亡き母の／笑みを含んだ声がする／いつのまにか　赤い長靴をはいて／私は母に　寄りそっている／――ぽっぽろう　くっくう　ぽっぽろう

（「雪を食む鳩　母の姿」）

（番の白鳥は）連れ合いがいないのを悟った朝／高

く　高く　高く　高く／翼を張って上がった　そして／まっさかさまに　翼をたたんで／——落ちて　死んだ……」（中略）落ちれば　落ちるほどますます／高みに向かう白鳥よ　詩人の魂よ

（「シベリアの原野の白鳥」）

ゆっくりと　ゆったりと行く／広々と　大きな河よ　ハンガンの／あちらの流れ　こちらのさざ波から／詩が　立ちのぼっている（中略）ハンガンに　落ちた涙は　すべて／天にのぼって／美しい　冠の宝石と　なる

（「漢江に」）

中山直子は、童話的で、美しく、至純なものに対する熱烈な賛美の心をもっているのである。それは、宗教家（キリスト教）と哲学者を輩出した彼女の家系と環境が三代に亘って培ってきた精神の伝統である。
「雪を食む鳩　母の姿」と並ぶこの詩集の絶唱「別れ道」の後半を引く。

幼ない日　母とたどった野の道よ
二つに分かれ　しばらくしてまた会うところ
「おかあさん
わたしこっちの道から行くからね」
母の姿は見えているし
また出会うのはわかっているのに
しばしの間のひとり旅は
きゅっと口を結んで真剣だった

「おかあさん
わたしこっちの道から行くからね」
亡くなって久しい母を小声で呼んでみる
「おかあさん　どこにいるの」
ゆるやかな風が吹き
やわらかな草の葉先がふるえると
ほたるぶくろの花がうなずき　思いがけなく
うしろで母の声がする

「何をしているの　直子　ここよ」

作品「雪を食む鳩　母の姿」にも人の背に思わず〈おかあさん！〉と呼びかける童心に満ちた声の記述がある。〈おかあさん／わたしこっちの道から行くからね〉〈おかあさん　どこにいるの〉。人の子の発する声のなかで、この声に勝る至純の声があるだろうか。〈何をしているの　直子　ここよ〉。人の母の発する声のなかで、この声に勝る優しい慈愛にみちた声があるだろうか。

私は母と子のこれらの声を幾たびも反芻してみる。すると、それらの声はわれわれの内面世界の奥深く、こころの神秘に満ちた永遠の世界から反響してくる気がするのである。

中山直子は敬虔なキリスト教徒であり、母播子（まきこ）の命名者が内村鑑三であると知れば、この問答がたんなる幼年時代の郷愁に基づくものでないことがわかる。〈おかあさん　どこにいるの〉という詩人の問いに対して、〈何をしているの　直子　ここよ〉という母の声は、信仰の先達者としての声のようにも聞こえてくる。結論を先に言うと〈直子　ここよ〉という〈ここ〉は、宗教に門外漢である私には、詩の道も信仰の道も合流するのは〈ここ〉同じ場所である、何をしているの、直子、迷うことはないよ、美しい、清らかな至純な詩の道を行きなさいと教えているように聞こえるのである。

この詩集は、タイトルポエム「雲に乗った午後」がそうであるように生物や自然を擬人化した表現が実に多い。詩集冒頭の「氷雨」も〈氷雨よ／おまえは　なんと　まっすぐに／冷たく　正直に／ふるのだろう〉から始まる。タイトルポエムでは、主人公の私は、雲や雀と会話し、空と地上を自由に往来するのである。

作品「紫のひそむ岩」の鉱物である岩も、作品「飛燕草」「シオンの伝言」の花も言葉を発する。ロシアの訪問者からもらった、見事な深い青色の飛燕草は、その花の近くで眠ると、深夜『青い花』の主人公、ハインリヒ・フォン・オフターディンゲンとマティルデが青い花を見にやってくるという始末である。〈光〉や〈詩〉も擬人化の対象になる。

例えば、霊感（インスピレーション）による詩の創作について、作者は、次のように表現する。

二〇〇八年　年頭の夜明け／詩が　私のところにやって来た／「赤ずきん」の着ていたようなフードつきのマント／しかし色は臙脂色のを着て　片手に銀の笛を持ち／青っぽい毛並みの狼に　平気で乗っている

（「玉葱を買いに行ったら　かごの中に詩が」冒頭）

詩の訪れを、このように擬人化して、イメージ豊かに、童話的に表現する作者と、〈二〇〇八年元旦、詩的霊感があった〉と殺風景に記すこととの間には、大きな隔たりがある。

後者の書き方しか知らない私の世界認識は、近代の科学的合理主義に基づいていて、リアルではあるが、リアルとは、なんと無味乾燥であるかに気づく。つい二百年と少し前までは、例えば『青い花』『夜の讃歌』の詩人ノヴァーリスに典型的であるように、世界は、精神も物質も、永遠も一瞬も、生や死、夢や現実も渾然一体とした統一的全体であったのである。全き世界が存在したのだ。

従って童話こそが、擬人化こそが、この神秘と豊饒に満ちた世界を自由に表現する最適の表現方法と考えられた。童話的なものは、詩的であり、詩的なものは童話的でなくてはならぬという考えが生きていたのである。

中山直子は現在東京の某大学で、哲学と論理学を講じているそうであるが、慶応大学哲学科の卒業論文名は「悟性と心情――ノヴァーリス自然観の一考察」であり、修士論文名は「聖ボナヴェントゥラの哲学に関する一考察」であったということである。

後者について私はまったく不案内であるが、聖フランチェスコの弟子、中世スコラ哲学の第一人者であったボナヴェントゥラなる人物は、神の居場所に近づくための六つの階梯を考えたという。神の作り給うたこの世界は、神が見えなくても、神の手の跡が残されているはずであると考える。だからまず自然界を観察する。次に内面世界へ進み、神の創造の跡を見、美しいものや清らかなものを、発見することが、神の国に近づく方法であるとする。

彼女が、詩で、清らかで美しいもの、至純なものを求めるのは、このような哲学と宗教心によってであるにちがいない。

中山直子という詩人を理解するには、彼女を育てた家系と家庭環境について今少し詳しく触れておく必要があるだろう。

父大村晴雄は、キリスト教会の長老で、東京都立大学の人文学部名誉教授でヘーゲル学者であり、母播子は祖父青木義雄が内村鑑三の弟子であったことから、そのことを生涯誇りとし、その名の通り信仰の種を我が娘に播かれた。詩の朗読が得意で、きわめて優しい人であったという。父方の祖父大村益荒は、横浜海岸教会の長老で、横浜ＹＭＣＡの主事であった。若い頃共立女学校で英語を教え、校歌の作詞や英詩の翻訳もされたという。つまり中山直子は、明治近代の開明的な祖父母の家に生まれ、三代に亘る宗教と哲学の家系によって育まれた詩人であるということだ。

ご夫君の中山弘正氏はロシア・ソビエト経済の権威で、明治学院大学経済学部名誉教授であり、明治学院の元学院長であった。こう書くとなにやら近寄り難く物々しく感じられるかもしれないが、ご本人の中山直子さんはどこか少女の雰囲気を漂わせている人であって、大学で、哲学を講じているといった気配は微塵も感じられない。また、ご夫君の弘正氏は、私たちの同人詩誌「アリゼ」の合評会に直子さんのお伴をして、横浜から再三お見え頂いているが、四時間に及ぶ同人たちの勝手気儘な議論を、実は相当に退屈されていらっしゃるのではないかと思うけれども、終始温顔で、物静かに、付き合って下さっているのである。本物のクリスチャン、本物のインテリとは、こういうものかと、感心する。

　こうして三代の家系によって培われた中山直子という詩人の成り立ちを知ってみると、われわれの馴染んでいる現代詩なるものがつい近々のものであって、彼女にはとうてい同じ難く、彼女の眼は、俗臭芬々たる現代詩のはるか彼方、時空を隔てた清らかで美しい詩の道、聖なる詩の王国に注がれていることが分かるのである。〈何をしているの　直子　ここよ〉、母なるものの声が聞こえてくる。

　彼女の作品は、もしそこに眼差しというものがあるならば、すべてこの失われた〈ここ〉、全き世界の方向を見つめているといってよい。それゆえになつかしく、美しく、清らかなのである。第Ⅲ章に暗示的な〈眼差し〉の詩三篇が並んでいる。「牛の瞳」全行を引いて詩集賛を終わることにする。

かっきりと大きく見開かれた
澄んだ瞳の牝牛が
牛舎の柵のそばまで来て
不思議そうに　私の顔をじっと見る

「よしよし」と言いながら
柵からはみ出した秣(まぐさ)を
向こうに押しやる
もそもそと長い舌で巻きとって
少し食べる
また　見ている

「こいつ　興味津津なんですよ」
ニーダー・ザクセンの牛飼いが言う
朝焼けいろをしたエリカの咲く
荒地の近く
「さよなら」と言っても
まだ　見ている

年譜

一九四三年（昭和十八）　当歳
　四月五日、東京市品川区大井庚塚四九一二番地に、父大村晴雄、母播子（まきこ）の長女として生まれる。父は哲学者であり、七年制の東京府立高等学校の教員であった。家族には、祖父益荒（ますら）、祖母クラ、伯母濱が居り、皆、横浜海岸教会員であった。益荒は英語学者であり、横浜共立女学校に勤め、横浜ＹＭＣＡ初代総主事でもあった。母方の祖父青木義雄は内村鑑三の弟子であり栃木県塩谷郡熟田村の村長であった。母播子の命名は鑑三による。
　八月五日、父出征。しばらく東京に居て、十月二十一日、出陣学徒壮行会で教え子を見送ってから満州方面へ。

一九四四年（昭和十九）　一歳
　強制疎開で千葉県我孫子町へ。祖父は疎開前に東京で逝去（三月二十五日、享年七十三歳）。

一九四五年（昭和二十）　二歳
　栃木県の母の実家で過ごす。
　七月　宇都宮空襲の火の照り返しを見た記憶がある。
　※八月六日　広島に原爆投下。
　※八月九日　長崎に原爆投下。
　※八月十五日　敗戦。

一九四六年（昭和二十一）　三歳
　三月五日　父復員。我孫子町の別の家に転居。

一九四七年（昭和二十二）　四歳
　一月三十日　弟・務誕生。

一九四八年（昭和二十三）　五歳
　三月　イースターに横浜海岸教会にて弟と共に受洗。幼児洗礼である。
　東京都目黒区柿の木坂九七番地の都立大学職員寮に転居。父が新制大学となった都立大学に勤務、戦後住宅事情が悪く府立高校時代の学生寮に職員が共に住んだ。

一九四九年（昭和二十四）　六歳

祖母の膝に座り踏板を踏んでもらって、リード・オルガンを習う。

一九五〇年（昭和二十五）　七歳

四月　東京都目黒区立八雲小学校入学。作文が好きで詩も書き、体育は苦手であった。母が病気になり、父が食事をつくって食べさせてくれた。

一九五一年（昭和二十六）　八歳

この頃父の戦友である、伊東傀（かい）画伯のアトリエに通い絵と塑像を習う。「よく見てね」と繰り返し、よく見ることとの大切さを教えられた。

一九五二年（昭和二十七）　九歳

伯母濱の友人の英語の先生から、英語を習う。子供のための詩や歌も教えられ、音の響きのよさを知った。

一九五三年（昭和二十八）　十歳

八雲小学校開校八十周年記念祝歌が児童父兄教職員より公募され入選。作曲されて皆に歌ってもらい、翌年の式典でも歌われた。

一九五四年（昭和二十九）　十一歳

新年頃、世田谷区深沢一丁目二五番地に転居。（現在一―二八―二）。

七月　東京都教育委員会主催の紙芝居コンクールに入選。小川未明の作品に絵をつけた。

この頃東京都の子供のための都民の歌の詩が公募され、応募し入選。小中学校で数名が入選した。私の詩は、巽聖歌が補作してくださり、それぞれ作曲され同級生が合唱した。表彰式と発表会は日比谷公会堂であった。

この頃、ラジオに出た。児童文学作家の石森延男氏に手紙を書いていたところ、この子も放送に出してくれませんか、と石森さんが頼んだとのことで放送局が学校に迎えにきた。ドイツ文学者の高橋健二さんと三人で話し合う番組だったが、小説や童話の映画化はひとりひとりの読者とその作品の間に生じる個性ゆたかな世界をそこなってしまうので反対であるという意見を述べた。
一九五六年（昭和三十一）　十三歳
四月　東京都目黒区立第十中学校入学。文芸班に入り、毎日詩を書いた。
一九五七年（昭和三十二）　十四歳
この頃、朝鮮人の少女と友だちになる。夕焼けの国の詩を書く。
一九五九年（昭和三十四）　十六歳
四月　東京都立大学附属高等学校入学。無教会の片山徹先生の物理室の聖書研究会。他に先生を通じてギリシア語、ヘブライ語、韓国語にふれた。文芸同好会に入り毎日詩を書いて友人に回覧。
一九六〇年（昭和三十五）　十七歳
都立大学の先生が出講、ドイツ語を学ぶ。
安保闘争　高校生もデモに参加。
六月十五日　女子学生樺美智子さんの死。
この年、信仰告白式をした。少し遅いが弟にあわせた。礼拝のオルガン奏楽奉仕をはじめる。今にいたるまで、続けている。
一九六三年（昭和三十八）　二十歳
四月　慶応義塾大学文学部入学。
一九六四年（昭和三十九）　二十一歳
四月　同大学文学部哲学科哲学専攻に進学。松本正夫より中世哲学を学ぶ。
一九六五年（昭和四十）　二十二歳
七月一日　小高根二郎主宰詩誌「果樹園」同人。一一三号「はこべらのうた」より参加。
十一月　祖母クラ逝去（八十八歳）。
一九六六年（昭和四十一）　二十三歳
五月　中山弘正（ロシア農業経済。法政大学専任講師）と結婚、東京都目黒区大原町七番地に住む。
一九六七年（昭和四十二）　二十四歳
九月　長男　中山能力誕生。
一九六八年（昭和四十三）　二十五歳
夫中山弘正　ミッション・スクール明治学院大学に転職。

一九六九年（昭和四十四）　二十六歳
　一月　長女中山えつこ誕生。
一九七〇年（昭和四十五）　二十七歳
　横浜市瀬谷区瀬谷町四四二九番地に転居。
　四月　慶応義塾大学大学院文学研究科哲学科哲学専攻進学。
　十二月二十四日　詩集『春風と蝶』（共文社）大村直子の筆名で出版。
　この頃日本詩人クラブに大村直子の筆名で入会。
一九七一年（昭和四十六）　二十八歳
　諫早の詩誌「河」（上村肇主宰）同人に（二〇〇〇年終刊まで同人）。
　「復活節一九七一年」を「詩界」一一二号に大村直子の筆名にて発表。
一九七二年（昭和四十七）　二十九歳
　二月　二男中山由多果誕生。
一九七三年（昭和四十八）　三十歳
　横浜市戸塚区公田町八〇九―二番地　桂台団地六号棟一五番に転居。（六月十五日を憶い、選んで六一五室に入居）。
　八月二十六日　桂台集会（家庭集会）を始める。月一回。集会の礼拝メッセージは父大村晴雄がした。
　十二月二十二日　桂台クリスマス子供集会。この後日曜学校も始める。
一九七五年（昭和五十）　三十二歳
　修士課程修了学位取得（総代）。研究生を経て翌年博士課程に進学。
一九七六年（昭和五十一）　三十三歳
　詩「秋の日」（「詩界」一三七号）本名中山直子にて発表。
一九七七年（昭和五十二）　三十四歳
　六月　夫中山弘正が文部省学術振興会の研究員としてソビエト科学アカデミーに招聘され、家族で旧ソ連邦モスクワ市へ。グプキナ通り一号館。
一九七八年（昭和五十三）　三十五歳
　二月　モスクワ市より、ドイツ・テュービンゲン市の研究所を訪問。その後フランクフルト、ロンドン、パリを旅行。

三月　帰国。港南区日野町四八一三—五（現在港南区港南台三丁目一八—一〇）に住む。

八月二十七日　港南台集会（家庭集会と日曜学校）を開始、父大村晴雄がメッセージをした。

一九七九年（昭和五十四）　三十六歳

せいしょのとも（絵本の詩）Aコース①②「イエスさまありがとう」「かみさまのやくそく」（ヨルダン社）。

一九八〇年（昭和五十五）　三十七歳

せいしょのともBコース①②③「かみさまのこどもたち」「あいのこころを」「ひかりのこどもに」（ヨルダン社）。

一九八一年（昭和五十六）　三十八歳

一月十二日　『ほほえみはひとつ—古風なソビエト紀行』（紀元書房発行・ヨルダン社発売）出版。

二月二十八日　『ほほえみはひとつ』の書評が「図書新聞」のコラム「読書メモ」に掲載された。

四月一日　フェリス女学院大学非常勤講師（ドイツ語）。

夏、イギリス、スコットランド、アイルランド、北欧に旅行。

一九八二年（昭和五十七）　三十九歳

一月「精神の旅路、神にまみゆるまでI—ボナヴェントゥラ小篇—」（『途上』一二号（思想とキリスト教研究会発行）、他に一六号、一七号、一八号に続編。

十二月　童話「ムルのクリスマスケーキ」を執筆（『百万人の福音』十二月号）。

一九八五年（昭和六十）　四十二歳

十月十六日　講演「詩と言葉」（山の上教会西谷の集い講師）。

一九八六年（昭和六十一）　四十三歳

五月　エッセイ「母のこと」（「いのちのことば」五月号）。

一九八七年（昭和六十二）　四十四歳

一月〜十二月「いのちのことば」に連載。「詩と詩篇」—伊東静雄、トラークル、詩経、与謝蕪村、ゲーテ、リルケ、中原中也、上村肇、八木重吉、立原道造、ヘルダーリン、ルターの詩と聖書の詩篇について（いのちのことば社）。

一九八八年（昭和六十四）　四十五歳

家族と共にモスクワに住む。アカデミカ・カピッツイ通り。

一九八九年（平成元）　四十六歳

※一月七日　昭和天皇逝去。この時モスクワ在住。

※十一月十日　ベルリンの壁崩壊。

一九九〇年（平成二）　四十七歳

五月「ベーメ『汎知的神秘』Ⅰ―― magia についての覚え書き――」（『途上』一九号）、他に二〇号に続編。

一九九一年（平成三）　四十八歳

※十一月二十一日ソ連邦解体。

一九九二年（平成四）　四十九歳

七月二十九日　父とドイツへ。ドイツ・リューネブルク市友人宅より、ナイセ河をはさんで旧東ドイツとポーランドにまたがるゲールリッツ市のヤコブ・ベーメの生家と墓、ベーメ博物館などを訪問。またポーランドのヴロツワフ市（ドイツ語名ブレスラウ）の大学でベーメの自筆原稿を閲覧。

十月一日　詩集『ヴェロニカのハンカチ』（本多企画）出版。

十二月十二日『ヴェロニカのハンカチ』紹介（キリスト新聞）。

同月二十日『ヴェロニカのハンカチ』の書評―島崎光正（クリスチャン新聞）。

一九九三年（平成五）　五十歳

日本キリスト教詩人会会員に。会誌「嶺」に参加、現在にいたる。

一九九四年（平成六）　五十一歳

五月　韓国訪問。明知大学で詩「星と重力」が翻訳紹介される。

十月「海外詩　アンナ・アフマートワの詩について」（「詩と思想」十月号）。

十二月一日『神の涙　三十三人詩集』（日本キリスト

教詩人会編・教文館）に詩「修道院の秋」が収録される。

一九九五年（平成七）　五十二歳

一月十六日　中山弘正の両親、中山定義・中山千枝同日に逝去（九十歳・八十二歳）。

※同月十七日阪神淡路大震災が起こった。両親逝去の翌日未明であった。

五月二十五日　詩画集『天国のドア』（小林碧画、いのちのことば社）出版。

七月十日　詩「朝」が「待望」（フェリス女学院大学広報39号）に掲載。

八月　『天国のドア』書評―島崎光正（「いのちのことば」八月号）。

同月二十五日『天国のドア』書評―河村員子（クリスチャン新聞）。

母が病気になったので、小林碧さんに勧められて、運転免許を取った。

一九九六年（平成八）　五十三歳

八月　モスクワに暮らしポーランドのワルシャワを経て九月八日帰国。

十一月三十日　詩華集『イエスの生涯』（日本キリスト教詩人会編・教文館）に詩二篇「受胎告知」「我にさわるな」収録。

一九九七年（平成九）　五十四歳

二月　『讃美歌21』（日本基督教団出版局）の詩の翻訳（ドイツ語）に協力。

一九九八年（平成十）　五十五歳

四月一日　明治学院大学非常勤講師（哲学、論理学、哲学専門）。

二〇〇〇年（平成十二）　五十七歳

六月六日　母大村播子逝去（八十四歳）。

十一月二十日　詩華集『創世記』（日本キリスト教詩人会編、教文館）に詩二篇「光あれ―天地創造」「ラケルの死」収録。

十二月「河」終刊。

二〇〇一年（平成十三）　五十八歳

三月「アンナ・アフマートワの詩とロシア―生者

も死者も未来の者も」（「詩と思想」三月号）。

四月「本のひろば」四月号に、詩「光あれ―天地創造」掲載。

十一月「本のひろば」十一月号に、『加藤常昭篇島崎光正遺稿詩集　帰郷』の書評を執筆。
※九月十一日　ニューヨーク同時多発テロ、世界貿易センタービルにハイジャックされた旅客機が激突。この時モスクワ市に滞在中。

二〇〇二年（平成十四）　五十九歳
一月発行『例解小学漢字辞典』（林四郎・大村はま編、三省堂）執筆協力。
二月十六日　ロシア詩集『銀の木』（土曜美術社出版販売）出版。
四月二十八日　ロシア詩集『銀の木』がクリスチャン新聞記事で取り上げられる。
六月六日　詩集『トゥルベツコイの庭』（本多企画）出版。
八月　モスクワで過ごし、その後ドイツの友人、プラハの知人に会う。カフカの墓を訪ねた。

二〇〇三年（平成十五）　六十歳
三月　作品「ガラスの中の花」により第十三回伊東静雄賞（奨励賞）受賞。

選考委員は伊藤桂一、鈴木亨、高塚かず子、田中俊廣の諸氏。

七月「本のひろば」七月号の巻頭エッセイ「出会い・本・人」に「主のはからってくださったこと」執筆。

八月　東北アジアキリスト者文学会議に参加、発表「朴利道の詩について」。

この年毎月一回で、クリスチャン新聞に絵つきの詩のコラムを連載。絵は故中山定義の遺品のスケッチを用いた。「土砂降り」「復活節」「夕べの海」「八月一五日」など。

二〇〇四年（平成十六）　六十一歳
「木々」（鈴木亨主宰）同人。終刊まで同人。
日本文藝家協会入会。
六月十日『女性たちの現代詩』（麻生直子編、梧桐書院）に詩「パステルナークの家の窓枠にて記す」収録される。

十月二十日『クリスマス詩集　この聖き夜に』（森田進編・日本キリスト教団出版局）に詩「陸標」が収録される。

二〇〇五年（平成十七）　六十二歳

二月二十二日　ドイツ語日本語詩集『春の星』（アルフ出版）出版。対訳ではなく、ドイツ語日本語とも中山直子作。

三月六日　詩「ミモザの花」神奈川新聞に掲載。

九月一日「日本国憲法第九条と靖国の蟬」（「新・現代詩」十八号《秋》）。

十月二十五日「三月の雪の踊り子」（「木々」三三号扉詩）。

『春の星』書評—Pr・Dr・ホルスト・ラルフ（「ハンブルクの戦争展」に寄せて）。

『春の星』書評—Dr・ジルケ・ラルフ（「木々」三二、二〇〇五秋季号）。

二〇〇六年（平成十八）　六十三歳

日本現代詩人会入会。

一月　小島誠志著『神の庭にやすらう—聖句断想3』の書評を執筆（「本のひろば」一月号）。

同月二十五日『イースター詩集　十字架・復活』（森田進編・日本キリスト教団出版局）に詩「我にさわるな」が収録される。

五月十日『詩華集　聖書の人々』（日本キリスト教詩人会編・教文館）に詩二篇「リベカの乳母」「マルタの妹マリアの歌」収録される。

八月五日　エッセイ「内村鑑三先生と母、祖母の名前のこと」（文藝家協会ニュース）。

九月二十四日　上村肇逝去。

十二月九日　鈴木亨逝去。「木々」終刊。

同月十一日「聖書の言葉～御心に適う人」執筆（「待望」、フェリス女学院大学広報六二号）。

二〇〇七年（平成十九）　六十四歳

一月十二日『明治学院詩集　ヒュペリオンの丘』

（東信堂）出版。
　四月　「ヒュペリオンの丘」書評―辻泰一郎教授（「白金通信」四四一号　明治学院大学広報）。
　八月十日　『わたしの好きなみことば』に執筆参加（日本聖書協会編）。
　九月　詩「みずうみの家」、エッセイ「上村先生ありがとうございました」（「河」上村肇追悼号―編集発行・上村紀元）。
　同月二十七日　詩「桜の実たちの出発」（「西毛文学」二〇七号）。
　十月　評論「水が苦くなったので」（「詩と思想」十月号）。

二〇〇八年（平成二十）　六十五歳
　三月二十五日　「本の広場」増刊号『キリスト教書―私が選んだ三冊』に執筆。
　四月三十日　「アリゼ」一二四号「野の道」から参加。今日に至る。
　五月一日　書評「『島崎光正全詩集』―詩がその本来の役割をはたしている」執筆（キリスト教雑誌「共助」二・三月号）。
　十月二十五日　『横浜詩人会創立50周年記念アンソロジー　未来への航跡』に詩二篇「港のキリン」「横浜海岸教会の鐘」が収録される。

二〇〇九年（平成二十一）　六十六歳
　二月二十日　「柵」二六七号（三月号）に小川聖子詩集『過ぎ去った谷』の書評執筆。
　八月　ソウルで東北アジアキリスト者文学会議参加。きどのりこ著『ハンネリおじさん』について発表。
　同月二十日　詩誌「真白い花」創刊。村尾イミ子、田島道、中山弘正と。
　九月　「旧ソ連邦時代とロシア連邦時代のロシア詩」（「詩界」二五五号）。

二〇一〇年（平成二十二）　六十七歳
　二月　第六回創造文藝文学賞受賞（ソウル）。審査委員は黄錦燦（ハンクムチャン）審査委員長と李相宝（イサンボ）、李姓教（イソンキョ）、玄吉彦（ヒョンキルオン）の諸氏。

三月　「中山直子特集、近作詩七篇他」（ソウル「月刊創造文藝」3月号）。

四月三十日　「創造文藝文学賞への感謝」（「アリゼ」一三六号）。

六月十一日、キリスト新聞に「第六回創造文藝文学賞」受賞の記事掲載。

六月三十日　「創造文藝文学賞の審査評などのこと（新聞記事など）」（「アリゼ」一三七号）執筆。

八月十日　エッセイ「仇に恩を返す」（「真白い花」三号）。

九月　「詩と思想」九月号・巻頭詩「合唱」。

十月二十四日　詩「港の教会」神奈川新聞に掲載。

十一月　『日韓環境詩選集　地球は美しい』（佐川亜紀・権宅明・編訳、土曜美術社出版販売）に詩「九月十一日の風」が収録。

二〇一一年（平成二十三）　六十八歳

一月二十五日　中山直子詩選集・韓国語日本語対訳『美しい夢』（韓国語訳―李相宝）創造文藝社（ソウル）出版。

二月　ソウルに旅行。第七回創造文藝文学賞授賞式に参加。

同月　エッセイ「マルクスとマルクス・アウレリウス」（「真白い花」四号）。

六月　詩選集『美しい夢』書評―朴利道。（「アリゼ」一四三号）。

八月　詩選集『美しい夢』書評―田島道。（「真白い花」五号）。

二〇一二年（平成二十四）　六十九歳

二月　「詩集評　村尾イミ子詩集『うさぎの食事』」（「真白い花」六号）執筆。

七月　「見つめあう記憶」（「詩と思想」七月号）。

十月十日　詩集『雲に乗った午後』（土曜美術社出版販売）出版。

十二月　『雲に乗った午後』書評―林堂一・森田進（「アリゼ」一五二号）。

二〇一三年（平成　二十五）　七十歳

二月　『雲に乗った午後』書評―村尾イミ子（「真白い花」八号）。

八月一～四日　ソウルにて「東北アジア・キリスト者文学会議」参加発表。朴木月（パクモクウォル）「大きくて柔らかい手」について。

八月十日　『雲に乗った午後』書評―柴崎聰（「真白い花」九号）。

八月二十五日　『詩華集　聖書の女性たち』（日本キリスト教詩人会編・教文館）に詩二篇「エバ」「ピラトの妻」収録。

十月一日　「夏の朝」（バイリンガル・ポエム）（「詩と思想」十月号）。

十二月二日　韓国「本質と現象」誌（三四号）に「復活の主イエスに抱き取られ―朴木月「大きくて柔らかい手」と「母の聖書」について」執筆。

二〇一四年（平成二十六）　七十一歳

四月　フェリス女学院大学、明治学院大学の非常勤講師を定年退職した。

八月三十一日　詩「光の顔」（『詩と思想　詩人集２０１４』）。

十一月　詩「夜の海」（「アリゼ」一六三号）。

同月十四日　フェリス女学院大学、讃美歌Ｆプロジェクトにて、お話。「辛い時代に歌われた讃美」。

二〇一五年（平成二十七）　七十二歳

一月　「辛い時代に歌われた讃美―ナチス迫害下の詩人・小説家ヨッヘン・クレッパーの讃美歌について」執筆（「待望」、フェリス女学院大学広報七八号）。

三月　『朝鮮文学』（韓国）三号に詩「光の顔」掲載。

五月五日　「私の詩の朗読」（第四回　Kyoto Art Exhibition　オープニングイベント）。

七月　詩「夏ぐみの実は　照らされて」（「詩と思想」七月号）。

八月　旭川市にて「東北アジア・キリスト者文学会議」に参加。

九月二十七日　詩「青い朝顔の花」を神奈川新聞に掲載。

二〇一六年（平成二十八）　七十三歳

二月十日　エッセイ「『合唱抒情詩』ということ」（「真白い花」一四号）。

四月七日　父大村晴雄逝去（百五歳）。この詩集を編むにあたり、父に色々相談できたことを感謝したい。特に生家の住所について、指で私の手の平に「庚」という文字を書いてくれ、指で「四九一二」を示して確かめてくれたことが忘れられない。

新・日本現代詩文庫 133 中山直子詩集

発　行　二〇一七年五月十五日　初版

著　者　中山直子
装　幀　森本良成
発行者　高木祐子
発行所　土曜美術社出版販売
〒162-0813　東京都新宿区東五軒町三―一〇
電　話　〇三―五二二九―〇七三〇
FAX　〇三―五二二九―〇七三二
振　替　〇〇一六〇―九―七五六九〇九

印刷・製本　モリモト印刷

ISBN978-4-8120-2368-6　C0192

新・日本現代詩文庫

土曜美術社出版販売

- 109 郷原宏詩集　解説　荒川洋治
- 110 永井ますみ詩集　解説　有馬敲・石橋美紀
- 111 阿部堅磐詩集　解説　里中智沙・中村不二夫
- 112 新編石原武詩集　解説　秋谷豊・中村不二夫
- 113 長島三芳詩集　解説　平林敏彦・禿慶子
- 114 柏木恵美子詩集　解説　高山利三郎・比留間一成
- 115 近江正人詩集　解説　高橋英司・万里小路譲
- 116 名古きよえ詩集　解説　中原道夫・中村不二夫
- 117 新編石川逸子詩集　解説　小松弘愛・佐川亜紀
- 118 佐藤真里子詩集　解説　小笠原茂介
- 119 河井洋詩集　解説　古賀博文・永井ますみ
- 120 戸井みちお詩集　解説　高田太郎・野澤俊雄
- 121 金堀則夫詩集　解説　小野十三郎・倉橋健一
- 122 三好豊一郎詩集　解説　宮崎真素美・原田道子
- 123 古屋久昭詩集　解説　北畑光男・中村不二夫
- 124 佐藤正子詩集　解説　篠原憲二・佐藤夕子
- 125 川端進詩集　解説　中上哲夫・北川朱実
- 126 桜井滋人詩集　解説　竹川弘太郎・桜井道子
- 127 葵生川玲詩集　解説　みもとけいこ・北村真
- 128 今泉協子詩集　解説　油本達夫・柴田千晶
- 129 柳内やすこ詩集　解説　伊藤桂一・以倉紘平
- 130 新編甲田四郎詩集　解説　川島洋・佐川亜紀
- 131 大貫喜也詩集　解説　石原武・若宮明彦
- 132 今井文世詩集　解説　花潜幸・原かずみ
- 133 中山直子詩集　解説　鈴木亨・以倉紘平
- 134 林嗣夫詩集　解説　鈴木比佐雄・小松弘愛

〈以下続刊〉

- 柳生じゅん子詩集　解説〈未定〉
- 瀬野とし詩集　解説〈未定〉
- 住吉千代美詩集　解説〈未定〉

- 1 中原道夫詩集
- 2 坂本明子詩集
- 3 高橋英司詩集
- 4 前原正治詩集
- 5 三田洋詩集
- 6 本多寿詩集
- 7 小島禄琅詩集
- 8 新編菊田守詩集
- 9 出海溪也詩集
- 10 柴崎聰詩集
- 11 相馬大詩集
- 12 桜井哲夫詩集
- 13 新編島田陽子詩集
- 14 新編真壁仁詩集
- 15 南邦和詩集
- 16 星雅彦詩集
- 17 井之川巨詩集
- 18 新々木島始詩集
- 19 小川アンナ詩集
- 20 新編井口克己詩集
- 21 新編滝口雅子詩集
- 22 谷　敬詩集
- 23 福井久子詩集
- 24 森ちふく詩集
- 25 しま・ようこ詩集
- 26 腰原哲朗詩集
- 27 金光洋一郎詩集
- 28 松田幸雄詩集
- 29 谷口謙詩集
- 30 和田文雄詩集
- 31 新編高田敏子詩集
- 32 皆木信昭詩集
- 33 千葉龍詩集
- 34 新編佐久間隆史詩集
- 35 長津功三良詩集
- 36 鈴木亨詩集
- 37 埋田昇二詩集
- 38 川村慶子詩集
- 39 新編大井康暢詩集
- 40 米田栄作詩集
- 41 池田瑛子詩集
- 42 遠藤恒吉詩集
- 43 五喜田正巳詩集
- 44 森常治詩集
- 45 和田英子詩集
- 46 伊勢田史郎詩集
- 47 鈴木満詩集
- 48 曽根ヨシ詩集
- 49 成田敦詩集
- 50 ワシオ・トシヒコ詩集
- 51 高田太郎詩集
- 52 大塚欽一詩集
- 53 香川紘子詩集
- 54 井元霧彦詩集
- 55 高橋次夫詩集
- 56 上手宰詩集
- 57 網谷厚子詩集
- 58 門田照子詩集
- 59 水野ひかる詩集
- 60 丸本明子詩集
- 61 村永美和子詩集
- 62 藤坂信子詩集
- 63 門林岩雄詩集
- 64 新編原民喜詩集
- 65 新編濱口國雄詩集
- 66 日塔聰詩集
- 67 武田弘子詩集
- 68 大石規子詩集
- 69 吉川仁詩集
- 70 尾世川正明詩集
- 71 岡隆夫詩集
- 72 野仲美弥子詩集
- 73 葛西洌詩集
- 74 只松千恵子詩集
- 75 鈴木哲雄詩集
- 76 桜井さざえ詩集
- 77 森野満之詩集
- 78 坂本つや子詩集
- 79 川原よしひさ詩集
- 80 前田新詩集
- 81 石黒忠詩集
- 82 壺阪輝代詩集
- 83 若山紀子詩集
- 84 香山雅代詩集
- 85 古田豊治詩集
- 86 福原恒雄詩集
- 87 黛元男詩集
- 88 山下静男詩集
- 89 赤松徳治詩集
- 90 梶原禮之詩集
- 91 前川幸雄詩集
- 92 なべくらますみ詩集
- 93 津金充詩集
- 94 中村泰三詩集
- 95 和田攻詩集
- 96 藤井雅人詩集
- 97 馬場晴世詩集
- 98 鈴木孝詩集
- 99 久宗睦子詩集
- 100 水野るり子詩集
- 101 岡三沙子詩集
- 102 星野元一詩集
- 103 清水茂詩集
- 104 山本美代子詩集
- 105 武西良和詩集
- 106 竹川弘太郎詩集
- 107 酒井力詩集
- 108 一色真理詩集

◆定価（本体1400円+税）